心田种字

冻凤秋 著

河南文艺出版社
·郑州·

图书在版编目（CIP）数据

心田种字/冻凤秋著. —郑州：河南文艺出版社，
2020.6（2021.1 重印）

（文鼎中原）

ISBN 978-7-5559-0990-3

Ⅰ.①心…　　Ⅱ.①冻…　　Ⅲ.①散文集-中国-当代
Ⅳ.①I267

中国版本图书馆 CIP 数据核字（2020）第 064841 号

策　　划　李　勇
责任编辑　贾占闯
书籍设计　胡晓宁
责任校对　陈　炜
丛书统筹　李勇军

出版发行　河南文艺出版社
本社地址　郑州市郑东新区祥盛街 27 号 C 座 5 楼
邮政编码　450018
承印单位　河南新华印刷集团有限公司
经销单位　新华书店
纸张规格　890 毫米×1240 毫米　1/32
印　　张　10.125
字　　数　201 000
版　　次　2020 年 6 月第 1 版
印　　次　2021 年 1 月第 2 次印刷
定　　价　35.00 元

编委会

序一

特别人著特别文

何弘

冻凤秋是个让人一见难忘的名字，当然，也容易记错。有次一个朋友和我说起她，反复念叨"冷秋风如何如何"，我也不多问，心知他说的是冻凤秋。冻姓少见，显得特别，所以就难忘，粗心的会误当成自己熟悉的姓氏，以为她和"演说荣国府"的冷子兴同宗。冻姓，《百家姓》未录，是一个人数极少的姓氏，据说出自羌族。唐高宗时西羌一个叫冻就的首领内附，大唐在冻就族人原居住地设剑州，将其族人内迁平阳（今山西临汾）。这支羌人后来即以"冻"为姓。今天冻姓比较集中的居住地是河南省舞阳县姜店乡冻庄村，其他零星分布的大多是迁徙过去的，有些则是满蒙等少数民族改汉姓而来。冻凤秋因为姓名让人一见而有特别之感，当然，其特别之处并非仅仅因为姓"冻"。

我初次与冻凤秋打交道，缘于一篇短文。凤秋在《河南日报》文艺处做编辑。一次我受约写篇应制文，因时间太紧，就将手头一篇原本给另一本刊物的文章发了过去。这篇文章既然是写给刊物的，相对于报纸来说自然有些不妥，一是篇幅长，二是行文不够简明。我因手头杂事多，没时间自己删改。约稿的报社领导说，没关系，让冻凤秋处理吧。我以往也多次遇到此类情况，编辑通常是从文章中选取一个观点，摘出一两个段落，作为一篇短文发出来。我想冻凤秋大致也会这样处理。但第二天报纸出来，文章准确保留了全部主要观点，文字进行了细致删减，并加了醒目的小标题。这让我对凤秋的敬业精神深为感动，同时也对其理论素养、文字功底十分赞赏。

后来，凤秋经常参加文学界的活动，我们见面的次数也多了起来。以往，我们组织研讨会之类的活动，报纸通常是发个短消息，重要的发个纪要，也不过是将每人的发言摘编一下。但凤秋不同，她每次都认真地写篇文章，准确记述每个人参加活动的细节，将身份背景、主要观点融入其中。她的这类文章语言生动优美，又综合了大家的见解，思想性很强，既有学术内涵，又是很好的散文。这让我认识到，凤秋虽行事低调，却是实实在在秀外慧中的才女。

近年来，凤秋主持中原风读书会，将当下优秀的文学作品推介给读者，为郑州的阅读推广做出了积极的贡献。我曾多次应邀作为嘉宾参加中原风读书会的活动，以评论者的身份与作家对话。凤秋主持活动时，你会发现她对问题的把握准确到位，总能将话题引向深入。每次活动之后，凤秋总会写篇文章，记述活动的过程，描绘嘉宾的特点，介绍谈论的问题，阐释主要的观点。这些文章几乎都是感性理性交融、学术性文学性兼备的美文。

有一个民间文学团体，叫"三毛部落"，凤秋是主要成员。三毛部落最初是郑州市一些热爱文学的女性发起成立的，她们组织聚会，谈论文学，写一些散文和诗歌等，通过网络平台与大家分享。三毛部落越办越红火，吸引了越来越多的文学爱好者参加她们的活动，也有些男性活跃其间，影响越来越大。

后来，凤秋在"周末散文五人行"微信公众号上发了一篇叫《铁艺风灯》的文章，让我做个简单的点评。当我第一次以文学作品的眼光，来看凤秋的文章时，马上有了一种特别的感觉。我当时这样描述自己的感觉：

《铁艺风灯》应该是一篇介于散文和小说之间的文字，就文体感觉来说，似乎更像小说，而内在韵味，又分明是散文。作品的语言承袭着冻风秋一贯的风格，是一种低调的奢华。

说《铁艺风灯》像小说，是因为作品通篇几乎都是让人物、事物客观地自我呈现；说《铁艺风灯》是散文，是因为作品明白流动着作者的感觉，主观情感充盈其中。而且，"铁艺风灯"这个名字本身就很"散文"，很符合借物言事、以物喻事的散文传统。

《铁艺风灯》写了表哥表嫂的苦难劳累、奔波忙碌，但因为心怀希望，所以生活充实而沉稳。作为对比，自己的生活外表如"铁艺风灯"般精致平静，实则如其中的烛光飘摇虚浮、明暗不定。这种对比，写出了人生况味，传达出了人生的真谛。

这虽然只是就凤秋的一篇文章谈的看法，其实也代表了我对她文章的总体印象。凤秋的这些文章当然都可以归入散文的范畴，但又很难用当下流行甚至传统的散文规范进行框架。这些文章语言讲究，追求文学性，追求美感，或者说有种小资情调在里面。这些文章又富有理性，时时闪现出思想的光芒。这些文章又善于记事，融入了小说的叙事手法，读来非常生动。总而言之，凤秋的文章正如其人，自有一种特别的韵味。

凤秋看起来朴实低调，毫不张扬，其实是一个内心高傲的人，对自己坚持的东西从不轻易妥协。这当然也体现在她的文字中，因此我们看到，即使只是为活动做个报道，她也坚持让这些文字富有文学性。人生其实就是这样，在这样一个或许有些污浊的尘世中，或许根本无意义的世界中，努力让每一个生活的细节精致起来，原本无意义的生命就有了追求，生活的每一分钟就有了意义。凤秋过的就是这样让细节精致、让人生有意义的生活。她的文字正是她为赋予生活意义而进行努力的一部分。这样的生活落入这样的文字，自然就别有意味。

最近，凤秋准备出一本名为《心田种字》的集子，其中收录的就是她各种行走的记录、人生点滴的描述。在集子即将付梓的时候，凤秋嘱我为其写下些文字。其实对于凤秋的文章，最好的欣赏当然是直接阅读，这肯定远胜于读我这些不痛不痒的文字。但对于凤秋这特别之人写下的特别之文，我还是要写下自己的感受，以表达由衷的祝贺，并权以为序。

2020年3月23日于北京

序二

存放心底的烟雨和诗意

王剑冰

一

以前的农家，无不想有一块"私留地"，或如萧红家的后园，或设法开一块"小片荒"，小心侍弄，细致打理，种上喜欢的菜蔬和花卉，甚至墙根，也有一围的向日葵，让一片阳光，灿灿地黄。那个小天地，一进入就感觉春风拂面，欣然无比。

凤秋也有一块私留地，她一颗颗种下的，是她的字，那些字都过罗过筛精心经意，带着温暖与馨香。

中国的汉字就那么多，筛选挑拣在自家眼光，还在自家心光，心光独照，必然有不一样的结果。《当我行走，触到灵魂的颤动》《当我回首，听见花落的声音》《如果云知道》《心经过的地方》《在春色和月色之间》《在时间的无涯荒野里》《踮起脚尖，就能碰到阳光》，光是这些叮当有声的题目，就像一首诗在歌唱，顺着这些路标的指引，必然有一个好去处。

二

微风拂柳，浅阳初照，那就泡一壶茶，守着一角时光，听一位清雅女子，将一帘心事拨响。《心田种字》，不定哪里清涟荡漾，涌起一种心会，一种神思，一种妙意。

小城生活的过往，被瓦的世界唤回，当她在瓦上写下"听见瓦的心跳，它在呼唤我"的时候，就有了一连串的思绪："它呼唤我，从紧张疲惫的状态离开，到一方清凉幽雅的世界来，哪怕只是浮生半日闲。它呼唤我，从眼前的琐屑芜杂抬头，与光影中的浮尘交换心事，哪怕只是讲给自己听。它呼唤我，从冷漠麻木的惯性逃逸，看见青箬笠绿蓑衣的诗意，哪怕只是田园的幻梦。"（《当时的月亮》）

去萧红的家乡，一个女子联想到另一位女子，有些地方，她们相通相知："那文字里有最深情的眷恋和最冷静的审视，最灿烂的刹那和最渺远的永恒。她的灵魂是一只无所羁绊的飞鸟，带着神奇的光，照彻这世界的根本。"（《河流带我去远方》）

在开化一个"根宫佛国"，穿过时间与自然的云雾，面对梦一般的艺术品，她会引发深切的迷想："我们曾以为随着科学的发展和效率的提升，人们将有更多的闲暇发展兴趣和天赋，过一种更有雅兴、更艺术的人生。结果却相反。世界如一张网，我们挤得如此紧密，内心的空间也变得逼仄。如钱穆先生说的，古代人受外面刺激少，现代人受外面刺激多，一支烛点在静庭，一支烛点在风里，光辉照耀，自然不同。"（《在时间的无涯荒野里》）

这些风雨浇灌的饱满鲜活的文字，既有智性，也有哲性。我曾经说温善与热情的凤秋，是与竹、瓦和茶相应的女子，她对事物有着细微的观察与敏锐，对文字有着透彻的理解与敏感。

三

当然还是要说说天赋。天赋是一个人的天分，就如一块田，本来就质肥土沃，加上好的种子，必蓬勃旺盛、生机无限。一个人的天赋很重要，重要的还有生活与知识的滋养，这个滋养，要加上一个自觉。也就是说天赋与自觉，合成独特的自己，心田的自己，文字的自己。这同年龄无关，与性别无涉。比如，有的人挥毫一生，也未成体系，有的人研墨不久，却深得要领。

也许，离乡间越近的孩子对于生活的认识越深刻一些，其一开始接触的，就是鲜活的大地，所有感知，皆来自生活一线。那么这样的孩子走出去，会格外不同。凤秋一走入樱花弥漫的殿堂，便让她有了一种芬芳的升华。小城女孩同武大女孩叠在一起，自身特质同水和阳光叠在一起，一颗种子必然获得新生。

在《河南日报》这个适合施展身手的熔炉里，凤秋对本职的操作很快驾轻就熟，对文字的锤炼，也日臻纯熟。那年我去广西，与当地作家锦璐（锦璐当时在《广西日报》，后来去了广西作协，写了不少有影响的小说）说起她河南的同行凤秋，我们都认为凤秋人很内秀，文字感觉也好。

凤秋办了一个"中原风读书会"，以分享创作心得，交流人生感悟，碰撞思想火花，促进读书写作，真个办得风生水起，吸引了众多小年轻和老青年。她的主持语，往往雨润心田，让人领悟中原风的活力与张力。

四

水能性澹为吾友，竹解心虚即我师。凤秋始终心内透亮，对于接触的人与世事，有着独到的感觉和认知。她在《学者之道》中有一段话，见出深沉的内心。"在时代的潮水中，没有人是一座孤岛，不影响潮水或不受潮水侵蚀。性情使然，选择使然，或是命运使然。无论如何，但愿我们都能真正抱持胡适说的'性之所近而力之所能勉'的态度，做我们适合做的，擅长做的，然后矢志不渝。"

凤秋是一位有禅意的女子，一个人身上带有了那种禅意，文字也就带有了温软的东西，清纯的东西，智慧的东西。

这些文字中，有她自己的生活、工作、亲情、友情，也有关于社会、关于人生的方方面面、点点滴滴。她的所有感情，都有着现实的种子，有些种子瞬间发芽，有些要深埋多年。那些生命简史，那些喧哗骚动，那些命运奋争，那些精神裸裎，无不构成纷繁的视觉画面和思想景深，给人带来不同的感受与感慨。

五

无论是走过熙攘，走过苦寒，还是走过繁华，走过温馨，就如凤秋说的，"我们依然渴望有一个地方，存放心底的烟雨和诗意"。那么，这部《心田种字》的新书，也当是一种存放吧。

存放，还会有新的期待。

目　　录

第一辑　当我行走，触到灵魂的颤动

第二辑　当我回首，听见花落的声音

第一辑

当我行走，触到灵魂的颤动

那一盏温暖的灯火

一

阳光透过云层洒落下来，中原大地宛若莫奈的印象派画作，线条朦胧，色调温暖。

坐在飞机上，俯瞰熟悉的这片土地，青绿色的是田野、山林，黄褐色的是河流、土地，随便指指点点，就能碰触到中国这棵大树最早的一圈年轮。

这里曾经的岁月洋溢着叱咤风云的恢宏气势，天下之中，英贤辈出，丰饶富庶，是适宜人类居住的首善之区。

这里的每一座山、每一条河都有一个久远的名字；每一块土地都把万年、千年、百年的历史凝结为瞬间的精彩，沉甸甸的，让人悠然沉醉。

二

在中原行走是一种享受。一马平川，雨水丰沛，四季分明。风不烈，但透着一股劲儿。目之所及，多是些榆树、槐树、桐树、冬青之类的植物，皮糙质坚，少有妩媚风情。

中原的人也一样，不尚浮华。朴实的父老乡亲说着地道的河南方言，咬字狠，做事稳，认理真，感情深，骨子里透着挡不住的大气和果敢。

这里如今的日子透着亮：名副其实的天下粮仓，正进行一场新的行动——建一个"三化"协调发展的中原经济区；大中原在呼唤：中原崛起——精神上、文化上、经济上的崛起。

这里的每一张面孔、每一个笑容背后都有一段温暖的故事；每一位英雄都把感天动地的事迹写在平凡、平静、平常的人生里，亮闪闪的，让人慨然动容。

三

最闪亮的是他的勋章和奖状。那是他用命换来的，在小布包里沉睡了半个多世纪，无声无息，终于有一天被一双智慧的眼睛发现，发出耀眼的光芒，点燃了世人的心。

他的名字叫黑，乡亲们送他绰号"黑老包"。

诺贝尔文学奖得主、土耳其作家奥尔罕·帕慕克的小说《我的名字叫红》中，男主人公也叫"黑"，那是一个漂泊异

　　　　　　　　　　　　心田种字

国多年的游子。他则是隐功埋名、甘居乡野的特级战斗英雄。

他的家在河南范县。范县地处河南东北部，西望太行，东瞻岱岳。上古为颛顼氏故墟，舜帝故里。走在范县地界，听当地人谈起郑板桥在此任县令5年，又不经意间提起水泊梁山就在不远处，恍悟这里的民众为何正直勇敢、纯朴豪爽，颇具古风。

初冬的北京，风里透着股寒意。11月8日，一大早，李文祥就起床了，他仔仔细细地穿上军装，戴上奖章，催促女儿出发。女儿李金英用棉袄把父亲的腿盖好，推着轮椅送他去人民大会堂。李文祥很激动，这是他入党63年来第一次出任党代表。他说：这种高兴没法表达。他说：人民为啥拥护共产党？是因为党为人民服务得好，我也要继续为人民服务，尽到一个代表的责任。

88年人生岁月，他觉得自己不过是一个普普通通的革命战士，一个平平凡凡的生产队长，一个平平静静过日子的丈夫和父亲，一个平平常常为祖国和人民分忧解难的共产党员。他不过做了自己该做的事，他现在的最大愿望，就是两个外孙快快长大，将来好去参军！

分明是一个地地道道的农民，喜欢田间劳作，安于粗茶淡饭，朴实得如同田地里的庄稼。但提起李文祥三个字，顿觉如星辰般高远，需仰视才见。

在这个时代，他纯粹得像一个传说，又真实得如一面明镜。他将平凡与伟大融为一体，镌刻在天地之中。

四

初冬时节，太行山莽莽苍苍，雄浑辽远。这座英雄的山，每块山石间都蕴藏着血与火的记忆，每一株草木都见证着太行儿女不怕牺牲、艰苦奋斗、无私奉献的精神。

山上有一条人工开凿的河流，蜿蜒缠绕在天穹的边际。40多年前，10万普普通通的林县子民把他们的不屈和霸气高高地挂在了太行山上，挂在了几近天堂的门口。那满渠的清波是我们精神的甘泉。

岁月的长河里，中原厚土，多少人把日常的"平"字擦拭得熠熠生辉。

带着捡来的妹妹艰难求学12载的洪战辉，背着患病母亲打工上学的当代孝子张尚昀，爱岗敬业的垃圾清运公司女职工朱和平，胆大心细、时刻冒着生命危险工作的排爆专家王百姓，在青岛三次冒着生命危险跳海救人的魏青刚，30多年如一日伺候前妻三位亲人的普通工人谢延信，面对呼啸而来的列车为抢救两名儿童献出自己年轻生命的李学生……

还有，还有。

就在不久前，90后小伙李博亚为救人纵身一跃，跳下站台。那一瞬间，他青春的胸腔里涌动着一腔热血，那一刻，他是感天动地的大英雄。

郑州普通市民李老发，坚持免费为农民工聚集点提供纯净水2万桶，每天受惠人群达800人，被网友亲切地称为"送水哥"。

驻马店农民李国喜在冰河中坚持近20分钟，连救三人，终因力竭牺牲。人们尊敬地称他为"英雄大叔"。

蓦然回首处，那个想把王屋、太行两座大山移走的倔强老人叮嘱再叮嘱，那个与兰考生死相依的人民的好公仆焦裕禄凝视复凝视。

放眼望去，在抢险救灾一线，有不畏生死的河南人；在千钧一发的时刻，有冲锋在前的河南人；在繁重的工作岗位上，有踏实坚守的河南人。在祖国的每一寸热土上，都有大写的河南人的身影。

英雄的血脉奔流不息。

五

我怀念家乡的牛毛细雨，怀念瓦檐儿上的滴水，怀念夜半的狗叫声，怀念藏在平原夜色里的咳嗽声和问候语，怀念静静的场院和一个一个的谷草垛。我甚至于怀念家乡那种有风的日子……

作家李佩甫在小说《生命册》里这样描述平原人挥之不去的家园情结。

河南人恋家。"普普通通、踏踏实实"是河南人的本分，"不畏艰难、侠肝义胆"是河南人的风骨。

走了很远，走了很久，在云层之上，我凝视脚下这片古老而生机盎然的热土，追问自己的内心：我们精神的家园在哪里？

家园就是我们心中那一盏温暖的灯火。

灯火闪亮，星星点点，像小麦、花生样饱满，如大豆、芝麻般密集。只要灯火绵亘不绝，"三平"精神的光芒就不会消散。

中原人，诗意地栖居在大地上。

（原载《河南日报》2012年11月30日）

青春少年样样红

一

四周一片漆黑，人下了车，腿却迈不动了。

那样一个细雨蒙蒙的冬日夜晚，冷风瑟瑟，寒意扑面而来，丝丝渗入人的心底。

重庆歌乐山渣滓洞近在眼前。

脚下的台阶是湿滑的，几个人相携着，走过蜿蜒崎岖的山路，慢慢挪到了门口。昏黄的灯光，心不在焉地亮着。

渐渐看清了四周。

看清了这座藏于大山深处的并不起眼的院子。

看清了四周布满的暗哨、铁丝网，看清了墙上各色荒诞的警示标语。

看清了刑讯室里各样的已经生锈的刑具，老虎凳、电椅子、铁锁链、煤火炉、竹签子等等。

看清了牢房的布局和里面的摆设。

看清了曾经被关押的革命志士的名单。

然后，一种混沌不明的感觉弥散开来。是心惊？是厌恶？是绝望？是伤痛？我来不及辨别，来不及叹息，只听见自己咚咚的心跳声，急促的呼吸声，感觉身体在紧缩，仿佛有一个声音在催促：赶紧走吧，离开这里。

踌躇间，眼前闪过一抹火样的红。那是谁？

一个年轻的女子，身着蓝旗袍、红毛衣，戴着白围巾，她款款地走来，就站在我的面前。

那么近，那么近，我几乎可以伸手触到她。她的眼神清澈而坚定，她的姿态秀美而挺拔，她浑身散发着青春的光芒，如朝霞般倏然拉开了另一个时空的帷幕。

那是临刑前的黎明，她特意向室友要了镜子，用心地梳洗打扮。面对特务最后的逼问，她义正词严，气势若虹，把敌人辩驳得哑口无言。

她深情地念诵起那封在牢中用竹签蘸着灰烬写下的红色遗书：

> 苦难的日子快完了，除了这希望的日子快点到来而外，我什么都不能兑现。安弟！的确太辛苦你了……假若不幸的话，云儿就送你了，盼教以踏着父母之足迹，以建设新中国为志，为共产主义事业奋斗到底。

　　　　　　　　　　　　　　　　心田种字

她分明是一棵初夏的树，明亮，葱郁。

情景剧不长，也不知江姐的扮演者姓甚名谁，但那一刻，我的心房敞开着，任其冲撞。

顺着"江姐"的目光看去，牢房对面的墙上清晰地写着几行字：青春一去不复还，细细想想！认明此时与此地，切莫执迷！

那一年，江姐二十九岁，儿子彭云只有三岁。

而被囚在渣滓洞的革命者，大多数牺牲时也不过是二三十岁的年纪，风华正茂，意气轩昂。

他们来自何方？哪一个村庄？哪一座城市？

他们有着怎样的故事？

他们在阴湿的牢房里用指尖拨动着自由与苦难的琴弦。诱惑无处不在，点一个头，就能看到爱人的眼睛和母亲的笑脸，就能尽情享受青春的自由。

可是，这些年轻的革命者有着钢铁般的意志。怕什么呢，就让热铁烙在胸脯上，让竹签钉进每一个指尖，让凉水灌进鼻孔，让电流通过全身，就在老虎凳上让躯体残废吧……他们坚贞的灵魂，梳理着羽翼，准备迎接飞翔的日子。他们相信，待到收获的季节，染着鲜血的花儿会开得更美！

二

云牵着雾，雾绕着云。那一日，走进巫山，却没能看清神女的模样。

人们把最瑰丽的传说赋予她：炎帝之女，美丽多情；她未嫁而死，化作芬芳的瑶草，吸纳日月精华，化作神女；她助大禹治水，使百姓免于洪灾之苦；她与楚王梦会，留下千古爱恋传说；她有环佩鸣响，浑身散发着异香；她作为女性坚贞的化身，备受礼赞。

传说越多，说明人类的想象力越丰富，但同时，也表示灵魂的旷野越寂寞。

有她在，人们在宇宙天地间的渺小与无力感有了依托之处，难以把握和言说的情感有了寄存之所，对美和永恒的向往有了落脚点。

神女峰是大自然对我们的抚慰。

神女在悬崖上壁立千年，如同人们精神的灯塔。直到有一天，舒婷在诗中写道：与其在悬崖上展览千年，不如在爱人肩头痛哭一晚。

人们笃定不移的心开始感到不安。她不再是一个传说，忽然成为一个有血有肉的女子。青春岁月在她的守望中静静流逝，她的心灵是否有过激烈的颤抖？她可曾后悔？可曾感到寒冷、寂寞？

心真的能变成石头吗？

争议和思索从未停止。扪心自问，每个人都会有自己的答案。

神女身着的"红裙"，却不曾褪色。

　　　　　　　　　　　　　　　　　　　心田种字

红叶，不知是谁轻轻喊了一声，峡谷里立刻传出无数回声。这是红叶最美的时节，叶子翩然，宛若振翅欲飞的蝴蝶，狂欢着，燃烧着，赶赴一年一度的聚会。

船行在高峡平湖，稳稳的，不起一丝波澜。静静欣赏着漫山红叶，一丝喜悦从心底升起。

起风了，你的世界可温暖？

三

从巫山返回重庆，途经万州。夜幕下的万州城，灯火辉煌，座座高楼临江而立，一派大都市的繁华景象。

入住的宾馆对面是人头攒动的万达广场，同行的朋友前去购物，一番挑选后，满载而归。

我沿着江边散步，看到不远处的大桥，猛然想到江姐也许就是在这里被捕的。

据说那一日，天气闷热，风雨欲来，江姐在万县街头被特务逮捕，和其他革命者一起被押往码头。途经万安大桥时，江姐认出了叛变投敌的下川东地工委书记涂孝文，她大声呵斥叛徒，引来群众围观。她一路痛骂，到了码头上船后，仍不住口。很快，一条消息传开：一个戴手铐的女人大骂长络腮胡的"涂矮子"是共产党的叛徒。这使得党组织立即采取对策，避免了更大的损失。

多么智慧，多么勇敢！江水有灵，不知道还记不记得这半个多世纪前的骂声？历史无情，骂"狗"巧送信却成为一段佳话流传后世。

她本是个弱女子，丈夫彭咏梧牺牲后，她时常哭泣，不断向亲友倾诉悲伤之情。被捕后，很多人担心江姐熬不过酷刑，国民党特务也认为很容易就能从她身上找到"缺口"，但她始终坚贞不屈，感动了难友，也激发了大家的斗志。

这是信仰的力量，是爱的力量。

那晚，宾馆楼下的酒吧里喧闹声此起彼伏，一直有人在用力吼着黑豹乐队的那首《你到底爱不爱我》，声音听来撕心裂肺，盖过了不远处江上轮船的汽笛声。

爱或者不爱，对于处于青春躁动期的年轻人来说，是个大问题。

对于江姐和与她有着同样青春面庞且已把青春永远定格在那巴掌大的囚牢中的革命者来说，爱，是大爱，爱祖国，爱人民，爱光明，爱自由；爱，是真爱，爱亲友，爱伴侣，爱孩子，爱一切美好的事物。

对于神女和无数对神女倾诉衷肠的人来说，爱是藏在心底不能说的秘密，它需要坚持，需要等待，等待岁月的检验，等待风雨的洗礼，等待某个机缘，等待一个充足的理由。

无论如何，深沉的爱能激发出高昂的热情，让人心甘情愿赌上一生的守候，赔上全部的身家性命，没有不舍，没有后悔，只是青春最好的选择。

第二天上午，在万州三峡曲艺团，听四川竹琴艺人唱曲。

　　　　　　　　　　　　　　　心田种字

年长的传承人已有七十六岁，年轻的后学者不过二十岁左右，他们的眼神里都闪烁着一份对艺术的钟情与热爱。听他们唱起"红岩故事"，我的思绪一时飘得很远。

青春一去不复返，如今大家都在使劲儿缅怀青春。可是青春的内核是什么？

想起江姐的红毛衣，想起神女脚下的红叶，那是青春永恒的表述。对于她们而言，青春从未远离。我想，若内心燃起一团火，整个世界都会变得年轻。

（原载《河南日报》2013年12月28日）

如果云知道

歌声传来，一个灵魂唤醒另一个灵魂，人就醒了。

故事是怎样开始的呢？

彝族小伙子康帅在走马帮的路上遇到美丽的姑娘阿细，他们相爱了，在一条小河边订了终身，并相约等康帅跟着马帮走完这趟归来，他就娶她。

从此，等待成了她生命的主题。

日子一天天过去，等来的却是他不幸遇难的消息。她不再问，却仍在等。她的身影夜夜出现在小河边，陪伴她的只有月光。

她一直守候着一份情、一句承诺，直到八十五岁去世……

那日，一直在云山雾霭中穿行，从大理云龙县到弥渡县，数小时的车程，沿途尽是绿树、格桑花，美丽中略显单调的风景，却因为单调，让人心安，仿佛带着某种永恒的味道。

　　　　　　　　　　　　　　　　　　　心田种字

人一时恍恍惚惚，随时要进入梦乡。

听俏丽的导游讲到云南民歌《小河淌水》的故事，心忽然颤抖了一下，顿时清醒了。

> 月亮出来亮汪汪亮汪汪
> 想起我的阿哥在深山，
> 哥像月亮天上走天上走
> 哥啊哥啊哥啊
> 山下小河淌水清悠悠
> …………

歌声悠扬、婉转、低回，把我的思绪卷进一个深深的漩涡里。

那条小河叫亚溪河。

秋日午后的阳光洒在潺潺的流水里，河面并不开阔，水也不是想象中的清澈见底，两岸是碧绿的草地，不远处的田野里玉米果粒饱满。

河面上有座桥，叫凤凰桥。

我站在桥头，想着康帅和阿细分别的那一日，也许就是在这桥上，她努力掩饰着内心的不安和担忧，带着盈盈笑意，叮咛复叮咛。浩浩荡荡的马帮队伍走远了，她登到高处，使劲儿挥手，远眺那长长的背影。

对于相爱的人来说，分离是残酷的，等待更是难言的煎熬。

最初是急切盼归的，街道上来来往往的马队络绎不绝，但始终没有他。日复一日，年复一年，那目光于是日渐黯淡下去。

最坏的消息传来，悲伤过后，心反而沉静了。纵然再也见不到他，曾经的承诺也不会改变，守着承诺，就永远地守住了那份深情。

不变的承诺和坚贞的等待，这是属于古典爱情中的章节。如今听来，想来，都觉得有些遥远。

于是忍不住追问：为什么非要别离？自隋唐至清末，茶马古道悠悠绵延千年，成千上万的马帮队伍，在山林深谷间跋涉，饱尝风餐露宿的艰辛，在生与死的边缘挣扎，他们又是为了什么？

是的，最初为了生计，不得不与自然斗争，不得不冒险，以命相搏，是发财还是血本无归，全凭能耐和运气。后来，随着商业的繁荣，男人的雄心、对于远方的渴望、想要更好生活的梦想便开始萌动。

"走夷方"逐渐成为当地青壮年的一种常态，离别恨由此成为当地男女爱情生活的一个主题。

不止一个痴情的阿细，不单是弥渡女人习惯了守候，世世代代，有多少悲欢离合的故事在古道上流传，就有多少情歌的相思调在滇西大地萦绕。

心田种字

绿意满山坡，一棵树轻触另一棵树，风便起了。

沿着石阶一层层地走上去，仿佛进入另外一个时空。千年古村诺邓隐藏在深山里，所有的宅院依山而建，门、窗、柱、檐都是艺术，典雅、古朴。村子里一派寂静、安闲的氛围。不经意间瞥见一个岔开的小道，重重的草木遮掩着，只在路口挂了个小牌子，写着"茶马古道"四字。诺邓产盐，以火腿闻名。我想，叫"盐马古道"也许更准确。只是这道路早已弃之不用了。

没想到，这样一个偏僻的、几乎与世隔绝的小村子，却保存着完整的祭孔庆典仪式。祭孔庆典仪式自明代起，就在村里年复一年举行着。如今，村民自发捐款举办，少的几十元，多的上百元，全凭心意。

那日适逢孔子诞辰，大人小孩都出动了，聚集在文庙内外，各司其职，有条不紊。整个过程分为迎神仪式、请神入殿、初献礼、亚献礼、终献礼、撤礼、送神、礼毕等。尘封在古籍中的礼仪文化那么立体地呈现在眼前，我们一下子就看呆了。

参加礼乐生列班行礼的多是学生。我问一个十三岁的男孩，孔子在他心中是什么样的人？他脱口而出：一个很有才华的人。

的确，文庙大殿中塑的是"布衣孔子"像，颇有师长风范，和蔼可亲。和很多地方文庙中的帝王衣冠孔子像不同。文庙

"礼门"的匾额上书写着"江汉秋阳"四字，更散发出一种清雅高远的文化味。

还有，还有，凤羽古镇、喜洲古镇、沙溪古镇、盐井古镇、和顺古镇、束河古镇……

一个个古村镇宛若晶莹剔透的珍珠，镶嵌在蜿蜒交错的茶马古道上。每一个古村镇都有说不完的传奇故事，一伸手便可触摸到斑驳的岁月和绵厚的文化气息。

原来，自唐宋至民国时期，汉、藏之间因茶马互市而形成的茶马古道，不只是艰难的谋生之路，不只是满足野心的征服之路，它更是一条厚重的文化长旅，一条人文精神的超越之途。

也是的，日子怎么过，就是文化。文化不过是代代累积沉淀的习惯和信念，渗透在生活的实践中。

但我们的先辈们对自身的生存状态有着高度的自觉，他们挑战严酷的生存环境，经历着生与死的体验，沿途壮丽的自然景观激发了他们的勇气、力量和忍耐度，他们的灵魂在苦难中升华。积累了一定财富后，他们更加重视教育，重视文化的传承，他们想让子孙后代过上耕读的美好生活，让他们不再经受别离相思之苦。

云层很厚，一朵云推动另一朵云，雨滴霎时便落了。

茶马古道经过弥渡县密祉镇，留下一条文盛古街。看过

　　　　　　　　　　　　　　　心田种字

亚溪河，满掬着别样的心绪，踏上文盛古街曾经的引马石，有时空穿越之感。

古街南起凤凰桥，北至文盛楼，全长不过800多米，却曾是远道而来的赶马人休憩的天堂。街上有座新楼，是按照明清时期典型的走马转阁楼样式修缮一新的，走进去，才知道正是民歌《小河淌水》的整理改编者尹宜公的故居。在那儿，我看到了青年尹宜公的照片，隔山隔水，隔着悠长的岁月，依然可以感受到那眼神里散发出的坚定和刚毅。据说尹宜公的父亲尹域本是一名教师，多才多艺。后来，他在文盛街等地开了"郁盛祥"商号，组织起马帮从事运输经商，但依然重视子女教育。我想，出生在文盛街的尹宜公真正读懂了这首民歌背后的故事。

1947年，尹宜公只有二十三岁，受党组织委派，参与云南大学"南风合唱团"的领导工作。年轻的他怀着一腔爱国热情，在革命理想和白色恐怖现实的落差中苦闷挣扎，是家乡熟悉的山歌调子唤醒了他，他根据记忆整理并重新填词。散发着泥土芳香的调子就此生了翅膀，成为蜚声中外的"东方小夜曲"。

歌声响起来了，从一个歌喉飘到另一个歌喉，一遍遍，连绵不绝。

或许，每个人心中都有一个"小河淌水"的故事。

在优美动人的旋律里，在一声声"哥啊哥啊"的呼唤声中，人们的心醉了，醉得很深很深。

是否，几千年前，这里处处已有我们的足迹？是否，我们降生前，这歌声已从变幻的天空，从野花、绿草和青松中，吟咏我们的命运和爱情？是否，我们心底的渴望与梦想，早有人渴望过，梦想过？

　　云层很厚，一朵云轻轻推动另一朵云，雨滴霎时便落了。打个盹的工夫，阳光便透过云层直射下来，热烈，富于穿透力。抬头远望去，一道长长的彩虹挂在天空。

　　我们欢呼，歌唱；我们歌唱，欢呼。如果云知道……

（原载《河南日报》2014年11月14日）

　　　　　　　　　　　　　　　　　　　　　　心田种字

在时间的无涯荒野里

当沧海变成山峦

那是亿万年前的贝壳化石吗？

站在山洞里，我仰头看着，忍不住伸出手轻轻地触摸，沙沙的、粗粝的感觉。只是一瞬间，仿佛感到大海的潮汐向我涌来，绵延的，此起彼伏的，轻易地将我挟裹。

从哪里来，将要往哪里去？

稚嫩的童声在耳边响起，才看到两个七八岁大的孩子，分别攀附在童子对弈的塑像上，正嘻嘻哈哈地笑着。

孩子红扑扑的小脸、活泼的模样和童子的表情如此神似，我一时看呆了。

千年前的某一天，那个叫王质的年轻人拿着斧子上山砍柴，看到的就是这两个孩子吧。他们一边下棋一边唱着歌。一定是那快乐的样子吸引了王质，他站着看童子下棋，入迷了。

童子吃枣核大小的食物，他也吃。直到被唤起，才发现斧头已经烂朽了。下山，更惊觉换了人间，与他同时代的人都不在了。"山中方一日，世上已千年"的故事由此而来。

这个故事，和传统文化中其他耳熟能详的故事一样，藏在心底的某个角落，静静等待着。等待着。在2015年的春天，在浙江衢州的烂柯山里，被唤醒。

这种唤醒是猝不及防的，我称之为奇迹般的相遇。

那天下着雨，淅淅沥沥的，时骤时歇。山里，春树萌了新绿，在颜色暗沉的灌木丛中，格外醒目。

我并不期待什么，对于忙碌的现代人来说，到有山有水的地方，呼吸一下新鲜空气，便是莫大享受。

即便看到著名的天生石梁，宛若一座悬空而架的大石桥，也只是惊叹一下大自然的鬼斧神工；

即便在被称为"青霞第八洞天"的石洞里，我们也不过好奇地在人工镶嵌的硕大的黑白棋子上站着，拍照，欢笑；

即便看到众多刻着古人诗词的石碑，也只是为上面斑驳的岁月痕迹感叹，匆匆读了一遍，便也觉得没有遗憾了。

但终究，有些东西在心底氤氲。直到一个声音想起：看这山洞的顶部，岩石中有贝壳呢！隐约可见的贝壳，是贝壳化石吧。据说亿万年前，这里是一片海洋。

所有的一切，听到的，看到的，触摸到的，忽然就融化了。

看似有趣的传说里原来蕴含着令人惊心的真理。

不过一局棋的工夫，斧头就朽了，身边的一切就都变了。

　　　　　　　　　　　　　　心田种字

很多变化都是突然而至的，甚至只需一瞬间。

就像衰老，我们常说，和你一起慢慢变老，但其实，谁都不知道谁什么时候会变老。

日常生活，点滴琐碎，悄悄地将我们包围，常常让我们忘却了时间的飞逝，一日日重复着，只在岁末年初的时候，发一通感慨。

但也只是感慨而已。继续埋头生活，只问冷热寒凉，添衣加餐，不管春夏秋冬。

某个时刻总会来临，在那个节点，很多东西都变了，你发现了自己的无力，人也就老了。

"怀旧空吟闻笛赋，到乡翻似烂柯人。"刘禹锡的诗写出了这种生疏而怅惘的心境。只是少有人能如他般拥有"沉舟侧畔千帆过，病树前头万木春"的胸怀。倘能，即便容颜老去，心也是年轻的。

下山的时候，看到有当地人卖自制的"棋子桂花糕"。我想，传说中仙童给王质吃的也许正是这种食物吧。枣核大小的糕点，我放了一块在嘴里，甜甜的，糯糯的，胃口得到深深的安慰，可以暂时抵挡时间凉凉的风声。

一枚小小的贝壳，见证了沧海变成山峦。

一支烛点在风里

走下阶梯，穿过黑暗，豁然开朗。一个巨大的空间，高耸的鱼尾状石柱与洞顶浑然一体，凿痕整齐、纹理匀称的洞壁、洞顶，似是人工又似机械所为，外面的光线和洞里的灯光交织，我们仿佛置身一个橙色的梦境。梦是无边的，人是渺小的。

龙游石窟是艺术与技术完美结合的美梦，无法解释这个梦从哪儿来，为何而来。

从20世纪90年代石窟被发现，专家们就提出各种不同的推想和论证，但依然难以解释为何在衢江北岸，类似的石窟星罗棋布。附近2.88平方公里的地下至少有50个洞窟，在古代并不发达的科技水平下，完成如此浩大的地下工程实在匪夷所思。

同样难以解释的还有开化县的根雕艺术。那个午后，我迷失在一个叫"根宫佛国"的地方。那些千年古树的根茎里面都住着个神仙，它们穿过时间的云雾，变成了谜样的艺术品。这是大自然的杰作。人类的手艺也不逊色，那些人工雕琢的观音、佛像，千姿百态，自有一种庄严和大美，让我无言，只有仰望，心跳得厉害，几乎无法呼吸。

索性不去猜测那谜底了。

但由此想到关于艺术与科学的一些问题。我们曾以为随着科学的发展和效率的提升，人们将有更多的闲暇发展兴趣和天赋，过一种更有雅兴、更艺术的人生。结果却相反。世界如一张网，我们挤得如此紧密，内心的空间也变得逼仄。如钱穆先生说的，古代人受外面刺激少，现代人受外面刺激多，一支烛点在静庭，一支烛点在风里，光辉照耀，自然不同。

我想，若我们能把复杂的世界用科学的方法简单化，把心上一切芜杂澄清，把心上一切涂抹洗涤，让心空无所有，如此，便能遇见千千万万颗心，真切地看到世世代代每个平凡人的心，如此，艺术的光芒便自然呈现。

不容易做到的，从古至今，人心是最大的谜。

《论语》中的一个误句

走进国学大师毛子水先生的故居时，我意识到自己还没有做好准备。

像个小学生般从头补课。

在中堂，看到他的塑像，上面挂着匾额，书着"虚静恬淡"四个字。下面的石牌上记着他的生平《九六人生》：

> 一个年逾八旬，还"希望能有十年安宁的读书生活"的人；一个九十四岁高龄仍在撰文纠正《论语中的一个误句》的人；胡适称先生为"学圣"……

他留下的语录都与书有关。他说：我爱书成癖，经常到处浏览，搜购，买得了珍本，会自得自满，雀跃好几天，万一失之交臂，就会后悔不迭，懊恼不已。

他说：我最爱流连旧书摊寻宝。我生平得益于'一部半'

书。一部欧几里得的《几何原本》，启发了我的逻辑思考能力和高度的分析能力；半部《论语》，教我如何做人处事。

简单素朴的故居，磊磊落落，我却流连着，品咂着，舍不得离开。

想到刚刚去过的同在江山市地界的戴笠故居，那样的机关重重，暗室暗梯密布，令人不安。站在他曾经居住的卧室，看到窗外挺拔的金钱松，据说，那也是他设计好的逃生工具。我把头伸出窗外，四下张望，光线刺眼，有种轻微的呕吐感。

而毛子水故居对面，是日常的世界。清漾村的农人把青菜铺晒在地上，让它们经受阳光的考验，在时间的作用下变成美味的干菜。

往远处看去，是荷塘，农田，青山绿树。

时间绵长安然，在先生的书里，在他把《论语》反反复复读懂读通的心无旁骛里。

我们就那么坐在荷塘的边沿，安静地，在温暖的夕阳里发呆，舍不得离开……

（原载《河南日报》2015年4月19日）

　　　　　　　　　　　　　　　　　心田种字

菊潭的清晨与黄昏

没有风，四周一片寂静，偶尔有鸟雀从屋檐上飞过。夕阳西下，余晖带着暖意洒在古雅的院落，走在青石阶上，过大门，穿厅堂，听着嗒嗒的脚步声，有种时空流转的感觉。

一抬头，就看到了那棵元代的桂花树。枝叶蓊郁，如云似盖。仰望着，心就飞了起来。700多年，两万多个晨与昏，它见证过的多少纷繁世事，如今，都归于沉寂。桂花树依然尽情舒展着，不曾辜负每一寸春光。我想象着，待秋日，"一树繁花初绽蕊，满城到处丹桂香"，那又是怎样的盛景？

那盛景，高以永看了9年。

康熙十八年（1679年），高以永调任内乡知县。他来的那天，沿途看到大片荒芜的田地和离散的贫民。他眉头紧锁着，面色凝重。

走到湍河边，只见河水清如玉带，碧波间，锦鳞游泳，河滩上，沙鸥翔集，他不禁微微颔首。

他大概想起了西汉的召信臣和东汉的杜诗，两位都曾做过南阳太守，他们在湍河上兴修水利工程，涝可蓄水，旱可灌田，为百姓造福，后人把他们称为"召父杜母"。"父母官"一词即由此而来。

他也许随口吟诵起了唐代大诗人李白的名句"时过菊潭上，纵酒无休歇""泛此黄金花，颇然清歌发"。曾经，这片土地有个美丽的名字，叫菊潭，因菊花山和菊花潭而得名，潭水清澈，野菊怒放。据说，李白曾数千里奔波，只为拜谒湍河；孟浩然曾和李白在菊花山上畅谈诗歌；王维隐居在不远处的覆釜山；贾岛"醉下菊花山"……

他应该还会想到担任过内乡县令的元好问。多少个夜晚，为民生疾苦忧心的他在湍河边赋诗寄情，"扁舟未得沧浪去，惭愧春陵老使君"。他在内乡任职5年，廉明善政，体恤民情，临走时，百姓攀辕卧辙，挽留不舍。

想着这些，高以永心下做了决定。

到了内乡县衙，他来不及休息，立刻着手赈灾济民。他让离散的流民返回，发给种子，分配耕牛，让人们开荒种田，6年内不收赋税。数年间，内乡累计开垦土地达四千余顷，民获其利，蓄积有余，社会安定，民风淳厚。

即便如此，高以永仍然忧心忡忡，自感责任重大。1680年，他上任后的第二年，一个月朗星稀的夜晚，他站在桂花树下，思虑良久，然后秉烛研墨，写下一副楹联：吃百姓之饭，穿百姓之衣，莫道百姓可欺，自己也是百姓；得一官不荣，失一官不辱，勿说一官无用，地方全靠一官。写罢，立刻让人悬挂于三省堂，以此警醒自己。

他做到了。

站在三省堂前，看着这副崭新的镏金木刻楹联，我思忖当年高知县的字迹，怀想他的神采：

他为政有方，以百姓安居为己任。他曾赋诗《山中杂诗·七峪》，记载当地的勃勃生机和自己的喜悦心情："昔闻七峪惟榛莽，鹿豕纷纷害岁功。且喜新来成小聚，数家烟火翠微中。"

他爱护百姓，宽厚仁义，对属下、对民众从未发怒。他效法战国时单父宓子贱，崇尚鸣琴而治，政简刑轻，并将县衙二堂改为"琴治堂"。

他勤于政事，宽以待人，在生活上却严于律己，十分清苦。在此地为官9年，他的家人从未踏进县衙，妻子在家靠刺绣纺织维持生计。

他是勤能之官，清廉之吏，也是当时有名的诗人。身为浙江嘉兴人，思念家乡的时候，他赋诗，"自到南阳三户城，故乡云树重含情"；体察民情，忧心百姓的时候，他赋诗，"数世瞻依凫鸟近，一官眠坐菊潭清"；他关心季节和农事，"每遇春耕早放衙，小堂幽静胜山家"；他热爱内乡的风物，"菊花潭水菊花香，饮此能令人命长"。

在内乡县衙西花厅，我看到一组蜡像展。那是1688年，高以永调离内乡时，百姓极力地挽留他的场景。人们眼含泪水，为他送行。而他离开时随身携带的，只有一箱子的书。

蜡像如此逼真，隔着200多年的岁月，往事伸手可及。

我猜想，那时刻，桂花树静立无语，只轻轻吐露芬芳，伴他离去。

5年之后，在户部江南司员外郎任上，高以永夜以继日查核文书簿籍，以至积劳成疾，病逝于任所。死后，他没有留下任何属于他自己的财产，连灵柩也无法运回，最后靠亲故资助，才得以归葬。

到内乡的当晚，风雨大作，第二日，仍是阴雨绵绵。

站在内乡县衙门前，打量着这兼具北方建筑与南方园林风格的院落，陷入久久的沉思。

想到这是神州大地上唯一一座保存比较完整的县级官署衙门，想到"一座内乡衙，半部官文化"的说法，想到目之所及的一副副"官德"对联，想到从唐代首任内乡县令张万顷到清末最后一任内乡知县邱铭勋，那么多人你方唱罢我登场，最终谁填饱了私囊，谁赢得了百姓的口碑？

又想起内乡县衙博物馆馆长王晓杰口中一直提到的章炳焘，是他主持建造了如今的内乡县衙，和高以永一样，他在内乡任职也长达9年。如今，县衙大门上的楹联"治菊潭一柱擎天头势重，爱郦民十年踏地脚跟牢"就是他撰写的。据说，晚年，生活拮据的章炳焘回到内乡，人们纷纷倾囊相助。

的确，心无百姓莫为"官"！

古往今来，如高以永、章炳焘这样的人并不寂寞。他们不求官有多大，官位有多高，但求无愧于民。他们心里装着百姓，以关心百姓疾苦为己任。他们始终不忘"自己也是百姓"，那颗心从来都放得很低，永远附着在大地上，植根在人民中，所以"踏地脚跟牢"。

是谁说的，"些小吾曹州县吏，一枝一叶总关情"；

是谁说的，"但愿苍生俱温饱，不辞辛苦出山林"；

又是谁说过的，"党把这个县36万群众交给我们，我们不能领导他们战胜灾荒，应该感到羞耻和痛心"！

翌日，风停雨住，晨光初绽，绚丽而迷人。上午9时，内乡县衙博物馆大门口，准时上演《锣鼓迎宾》。表演结束，大门开启，早已买好门票的游客迫不及待地蜂拥而入。10点整，《宣讲圣谕》演出又准时开始。每个周六周日，博物馆的工作人员都披挂上阵，免费为游客表演节目。现场，观者越来越多，人们在活泼生动的表演中领略"孝""廉"的含义。

县衙博物馆里，《官民同乐》也开始上演；大堂上，"知县"正忙着"审案"。据说，每日"审案"的内容都不一样。相同的是观者发自内心的欢笑声。

无数个平常的日子，无数个清晨与黄昏，就在这样的欢声笑语里流逝。

桂花树在春光中摇动着枝叶，似在微微颔首，说，秋天再来吧，秋天再来吧。

（原载《河南日报》2014年5月7日）

新月如眉

一

狭窄的栈道，盘旋九曲，临江依崖。

随着人群一阶一阶往下走。午后，阳光正烈，一身的汗。

抬头看到乐山大佛的瞬间，血脉却在收紧。

我盼着这迟早的相遇，却没想到这么近，清清楚楚地，就在眼前。

新月如眉。

这眉适合在月光下，静静地凝视。可是那眼神，清浅地，若有所思，像是做梦人的眼，像是有千言万语要对你说。

但什么也不用说。世界明明白白地铺展在面前；心事曲曲弯弯的，在这里也是一目了然。

往下走，走几步，再转过身抬头看他：

绿叶为饰，青苔作衣，阳光静静地洒在他的脸上、身上。

眉目间、嘴角边，笑意微微，若隐若现。

修长、巨大的手，稳稳地落在膝盖上。

直到走出栈道，到了他的脚下，拼命地想跳起来，依然摸不到他的脚趾。

开开心心地照相，你拥着我，我揽着你。大佛似隐形了，怎么也不肯完整地出现在镜头里。

面前，是大渡河、岷江、青衣江三江汇流处。

清水幽幽，波澜不兴。

早已不是一千多年前唐朝开元年间海通禅师看到的样子了吧？

据说，那时，他从贵州跋山涉水来到嘉州凌云山上，终于找到了心目中理想的修行地。他在山上搭建了茅屋。无数个夜晚，碧空万里，星月朗照，惊涛拍岸，如万马奔腾。他以为可以平静地和明月涛声相伴一生，却听到声声惨叫，过往船常常只在此遇险。他开始为之揪心，悲痛无比。

他苦心思索，决心临江凿一座和山体一样高大的弥勒佛像，以安澜镇涛，保佑苍生。

他心怀大善和宏愿，一衣一钵，足行千里，八方募化，历经艰辛，终于募集到了足够的资金。

开凿大佛应该是他此生最大的修行吧。

怎样坚毅的决心，又是怎样强健的行动力！

看到他的雕像时，感到震惊，不敢久视。

双眉上挑，如剑似电。眼眶无珠，脸色铁青刚毅，一副庄严凛然的神态。

这雕像应是依据他传说中"自目可剜，佛财难得"的凛然壮举，他的正气使贪官污吏幡然悔悟，更激励了百姓开凿佛像的决心。"万夫竞力，千锤齐奋。大石雷坠，伏螭潜骇"，何等壮观！

从头部修到肩部，禅师就圆寂了。明明知道也是完不成的，但还是要去做。

自有后来人。

有任剑南西川节度使的章仇兼琼，有写下"长江不见鱼书至，为遣相思梦入秦"的韦皋，为了继续修建大佛，他们不惜捐赠俸金。

所以才有了如今的世界第一大佛，才有这样的风和日丽。

人们来来去去，去去来来，瞻仰、膜拜、感叹、欢喜。

人生代代无穷已，江月年年只相似。

二

睡思昏沉中，乘车上了山。

有人问：看到高山杜鹃了吗？我摇摇头。我只看到满眼的绿树青草，花儿不曾飘入我的眼。

到了雷洞坪，已经备好了防寒大衣，早听说金顶的气温只有零摄氏度左右，且经常下雨。

随后坐上了可承载100人的大缆车，据说是世界上最先进

　　　　　　　　　　　　　　　　心田种字

的技术。

整一个做梦似的状态，完全不需要考虑些什么，也无须付出体力。

忽忽，金顶就在眼前。

难得的晴空万里，高48米的"十方普贤菩萨像"指向湛蓝明净的天际。

久久地仰视，被这大美震撼。

《大日经疏》云："普贤菩萨者，普是遍一切处，贤是最妙善义。谓菩提心所起愿行，及身口意悉皆平等，遍一切处，纯一妙善，备具众德，故以为名。"

普贤菩萨是大乘佛教中大行大愿的象征。既有广大的誓愿，又身体力行去实践。

一时做善事，利益众生，修行不难，一辈子做善事，利益众生，修行就难，而普贤菩萨正是要人们愿行殷深、辛勤不倦地去做。

原来禅定不只是枯坐蒲团，是要怀着内心的善愿和深沉的激情，执着地去做，那么所有烦乱的思绪、如杂草般的念头和贪婪的心会自然地平息，清净的智慧显现。

想这金顶的建筑从东汉时的普光殿，唐、宋时的光相寺，到明万历年间妙峰禅师建铜殿，再到光绪年间的砖殿，到新中国成立，改革开放后重建华藏寺，数度被毁，又被重建。今天，我们看到这般飞阁流丹，崇宏壮丽的建筑，海拔3079米的金顶甚至被人们称为"天堂的阶梯"。

风景之外，我似乎看到了1900多年来，这座山的血脉里流淌着道之源、佛之始、儒之境三教深厚的文化遗韵，生命的哲理和存在的意义尽在其中。

想到登顶之前，在峨眉山脚下的大佛禅院，有幸见到禅院住持永寿法师，听他不疾不徐地讲佛法，谈哲学，论东方文明，细说中华传统文化和人生智慧。慈悲心、践行、动态平衡、和谐等词被频频提及。

若用脚步丈量这座山，一步步地爬上去，又会有怎样不同的感受？

三

就在山上，接到一个又一个电话，纷繁的想法，很多事情始终无法确定下来。

奇怪的是，那一刻，心里却没有以往的烦躁，反而能静下来，细细地想到几个方案。

最初是看不清楚的。

去年岁末那个周五的下午犹在眼前。那时，人们带着归心行色匆匆，我和同事站在街头，心急火燎，想打一辆出租车。

天气似乎不错，但我记忆中总觉得天地昏黄，有种清冷且迷茫的感觉。那无疑是我们当时心境的写照。

出租车一辆接一辆过去，始终没有空车。她看着手表，着急地说，五点半展览就要结束了。又来了一辆车，我冲过去，拍了拍车窗。于是，成功拼车去东区。

我并不能那么了解她迫切看唐卡展览的心情，我也不清楚自己为什么要跟她去。那时，千头万绪在脑海中翻腾，一天有多少个念头升起，数也数不清。我们交换着想法，也交流着困惑。

需要一个出口。

她见到了很多朋友，忙着寒暄、欢喜。

我静静地看展览。

迎面就看到了吉祥天母。那是一个怎样愤怒的形象！肤色青蓝，红发竖立，眉毛是两团火焰，三目圆睁，大嘴如盆。她右手持对付阿修罗的金刚杵，据说象征愤怒；左手托盛血的嘎巴拉碗，据说象征幸福。

我感到惊讶。

是因为那左手幸福、右手愤怒的象征言中了这个时代人们的情绪。

大多数时候心情都是这样的瞬息变换、五味杂陈。不是不幸福，而是有太多幸福的理由。一顿美食，一件新衣，看了新景，会了老友，一家人和乐融融，顺利完成了一件工作，忙里偷闲喝茶打盹，等等。但常常莫名其妙地就陷入不愉快甚至愤怒起来。或者是在网络上看到了这样那样离奇怪诞的传闻事件，或是股票的涨跌让人不明所以，或是因为糟糕的路况导致堵车刷蹭，或是……

我感到惊讶。

更因为那情绪下面蕴含的一种爆发力。吉祥天母侧身骑在一匹骡子上，像是弹指间就能飞过天上、地上、地下三界，分生死、清病瘟、主善恶，一切尽在掌握之中。

如何能做到这些？

也许，看清楚自己真实的愿望，了解内心的热情指向，义无反顾地去做，一旦开始了，迷茫也就随之云开雾散。

四

那一日，下山途中，爬上高高的石阶，到清音阁。

花草芬芳，流泉清音，凭栏静坐，品茶。

不知怎么说起报纸副刊人的情怀，谈到中国报纸副刊研究会这么多年走过的历程。

从最初的决定，到中间的坎坎坷坷，有停歇，有弯路，终于还是找到了方向。

一向只闻琴珍秘书长热情爽朗的笑声，第一次听她谈这些。

每个人都有一段长长的故事，每段辉煌背后都有不为人知的曲折。

凡此种种，若没有热情、宏愿和深厚的行动力，都难以持久。

午后绵长的时光弥散着淡淡的茶香。

倘若只凭体力爬山，至清音阁，想必需要住一晚了。夜宿山间，天籁萦绕，如水的月光洒在我们的眉宇间。

那月光最初照见了谁，又是谁，第一个看到了月亮？

新月如眉。

那眉是佛的眉，是峨眉山的眉，也是每一个至诚之人的眉。

何必丝与竹，山水有清音！

那样的时刻，我们会有更大的喜悦和更深的参悟吧。

（原载《河南日报》2015年7月2日）

一生守望

我来晚了。

当我站在兴国将军园的纪念馆里，看到池煜华和她的红军丈夫李才莲的照片，我知道我只能望着他们的背影，听着"红土地上望夫石"的传说，默默无言。

我看不到她拿着那面镶有木框的镜子，日渐沧桑，而他一直活在她的眼神里，俊美如初。她一定时常想起新婚第三天，送他上前线，在村口看着他离去的情景。

我看不到她倚在老屋的门框上，向外张望的样子，杉木门槛已久凹陷，却始终没有他的消息。回忆里有甜蜜的时刻，后来她曾去宁都看他，希望追随他不再分离。那时他已升任为少共江西省委书记。他劝她回去，说，等着我，革命成功了，我一定会回家。于是，短暂的相聚之后再次别离。

我看不到她四处寻找他的身影，看不到她努力学着写信的样子，她曾写信给毛主席，询问为何兴国县解放了，还没有

心田种字

丈夫的消息。有一天，她收到一张烈士证。1935年红军主力开始长征，李才莲在一次突围战斗中牺牲了。他当时才二十二岁呀！

我看不到她执拗的神情，她仍然相信他活着，那些抚恤金就是他寄回来的生活费。她到烈士陵园去，刻着23179名烈士英名的纪念碑上，有他的名字。她终于放心了，她想，自己活了九十五岁，纵然此生只有十天相聚的缘分，却独自守候了70年，也该和他在另一处相见了。

我来晚了。

秋日的黄昏，站在瑞金叶坪乡中华苏维埃邮局旧址，看到那张印着老屋的明信片，我知道浓浓的乡愁已被定格。

那些气壮山河的故事，那些回肠荡气的故事，那些痛彻心扉的故事，都浓缩在黑白的画面里，简约的诗行里，凝固在一枚枚刻着历史足迹的印章上。

收藏或者邮寄，我无法穿越，别无选择。是夜，坐在瑞金文学院的广场上，被一出名叫《杜鹃花开》的赣南山歌剧打动，任细雨丝丝打湿发梢，我恍惚间觉得岁月已晚，山河远去，载不动太多悲哀。

这是另一个女人的故事，另一些女人的故事。

她最初并不舍得送他上战场，他俩已人到中年，却没有孩子。她想，如果他去了，这一生也许就孤苦伶仃了。

但他毅然决然地加入了红军队伍，她也积极地参加了苏区妇女工作队，动员和组织村里的姐妹筹粮筹款，为红军战士缝制军衣，打草鞋，洗衣裳。

他曾回来过，是为了再次"扩红"，很快又走了。从此再无音讯。

她每年都会为日思夜想的丈夫亲手缝制一双鞋，75双鞋子，在岁月的长河里浮沉，承载着思念的重量。

盼郎归，青丝变作白发，明眸善睐终至双目失明，直到一百一十五岁去世。

这是被网民誉为"共和国第一军嫂"的故事，陈发姑和丈夫朱吉熏的故事。

守什么？望什么？

很早很早，就在教科书里知道了赣南这片红军两万五千里长征出发的地方，听了很多这样那样的苏区革命故事，但纵然在纪念馆里穿梭，纵然在苏维埃共和国的旧址上唏嘘，我依然无法穿透历史的烟云，真切感知，在这块数十万人用鲜血浸染的红土地上，在这块据说随意敲开一户人家的门，都能听到关于红军、军嫂的传奇故事的土地上，曾经的岁月到底有着怎样的底色，如今的人们又过着怎样的生活？

是在铭恩新村吗？曾经，这里叫枫林村，是苏区革命模范村，和著名的"羊山会议"旧址对望。曾经，这里危屋土房，交通十分不便。而现在，一座座粉墙蓝瓦，整洁明亮的房屋里，我看到一张张平静的面带微笑的脸庞。在村支部设立的"留守儿童远程视频室"内，三个孩子正在电脑前等待，他们和在外地打工的父母约定周六上午视频通话，电话还没有打来，他们似乎也不着急，边玩边等。对面的桌子上整齐地摆放着"留守儿童花名册""留守儿童谈心记录"等。旁边的房间是农家书屋，满墙的书柜里有文学读物、科技读物、卫生常识、红色文化书籍等，孩子们坐在桌前，认真地读着。

是看了小布镇蓝山剧社的演出吗？那天适逢农历十五，我们走进始建于清朝嘉庆十八年的万寿宫，在热情的人潮中听赣南采茶戏。演员据说是当地退休的老干部、老教师和农民群众，剧社团长李彬已年过八旬，他年轻时就热衷于写本土采茶戏，一直笔耕不辍，迄今写了60多部作品。大多数时候，我听不懂他们唱的是什么，但我身边的观众都兴致勃勃，跟着哼唱，一派陶醉的模样。

是在赣南大地广阔的水稻田边吗？我们蹲下来，看水稻喜人的长势，闻着泥土的味道，大声争议禾苗和稗草的区别。对面，是成片的挂着累累硕果的橘子树，摘了两个剥开尝，像是第一次吃到蜜橘似的，甜到心里。再摘两个，拿在手里拍照，脸色顿时被映红了。

又或是在会昌县博物馆，抬头便看到"书香会昌，21天阅读习惯养成计划活动"的宣传条幅。等走进去，在"百匾堂"，看到煌煌100块牌匾，时间跨度从明朝嘉靖时期到民国三十七年，或题善德名望，或说科举功名，或颂慈贤节孝，或书祠堂宅第，或写寿辰祝福，深厚的传统文化气息扑面而至，里面有一种对历史的敬重和因为代代传承而寄寓的强大的精神力量。不能不震撼，不能不深思。

如此，我来得似乎又不算晚。

若说一生守望是一则寓言，那么，红军的女人们守望的是心中的梦境。梦里有老屋，有秀树，有灿如春花的娇羞新娘，身边有爹妈，有新茶，有锅碗瓢盆的日常闲话，更有你、我的爱。

若说一生守望是一份信念，那么，赣南客家的军嫂们守的是先辈们留下的柔韧和坚定，再多的苦难也能承受，因为和红军亲人一条心，因为相信不变的承诺；她们望的是杜鹃花开映山红，望的是革命胜利的曙光，中国解放，爱人归来，过上幸福安宁的生活。

往事并不如烟，那些为之奋斗牺牲的，为之热血沸腾的，为之望眼欲穿的，都会被铭记，也都实现了，不是吗？

正是最美的时节，一路桂花飘香，细细幽幽，沁入心底。

（原载《河南日报》2015年12月9日）

　　　　　　　　　　　　　　　　　　　　　心田种字

踮起脚尖，就能碰到阳光

一

纯净的蓝天下，阳光清透灼人。

我侧过脸问他：在墨脱的五年，印象最深的经历是什么？

他想了一下，忽然呵呵地笑起来。我有些意外，也因此更加好奇。

我说，是很有趣的事情吗，或者是感情故事？他使劲儿摇头，接着又呵呵地笑，直到大笑不止。

终于，他平静下来，说，在你们走之前，找个时间，我讲给你听。

那时，我们站在派镇索松村的公路边，不远处，是海拔7782米的南迦巴瓦峰。

山顶是经年不化的积雪，雪峰之上是更加洁白的云朵；山腰，郁郁苍翠的松林，浑然天成；山脚下，成片的藏红柳，各具姿态。

终于，也没能等到这样的时刻，聆听他的传奇。他忙碌着，联络，安排，接待，招呼着来自全国各地的记者，一身的疲惫，但脸上总带着笑意。

17年，周海涛把最好的年华留在林芝这片土地上。不是不想念家乡，父母都还在河南周口老家，过年也总是回来。但他已经不习惯平原上温和的风，充足的氧气，如潮的人群。

当年，去陕西读大学，他选了哲学专业。大学毕业后，他便义无反顾地到了藏区。

挺拔的身影在林芝地区的山山水水间穿梭，徒步走遍墨脱的每一个村庄，于清晨与黑夜的边界目睹少有人看过的奇景，在泥石流和雪崩等随时可能带来的生死考验间默然前行。

不习惯倾诉，不轻易开口。多少精彩的故事，在时间的流逝中凝结成霜。

也不需要过多解释，是最初的选择和无憾的归宿。因为这充实的人生，所有的过往想起来都是微笑，欢笑，大笑。

那一天，不知是怎样的幸运，总是被云雾缭绕，从不轻易露真容的南迦巴瓦峰三角形的峰体倏然揭开了面纱。

最美的时刻，要么如雷电般燃烧，要么似长矛直刺天空。

二

那么多野生桃花，像是约好了似的，要在此地隐居，一住就是百年。

　　　　　　　　　　　　　心田种字

遒劲的枝干自在伸展，粉白的花朵带着淡然的表情，不娇不媚。

尼洋河与雅鲁藏布江在此地交汇，或碧蓝或黛青或浅黄的流水，带来温润和滋养。

整个世界不过桃花盛放的背景，我们也是。嘎拉村，一年一度的林芝桃花节开幕式，人群熙熙攘攘。

刘振坤站在桃花树下，戴着墨镜，背着单肩包，一只手揣在裤兜里，另一只拿着手机。

黑黑的面庞，沧桑的面容带着温厚的神情，极有耐心，说得最多的话便是：你看看，不好，再照。

从种种繁杂的事物中抽身，他特地选了这样一个上午，要尽地主之谊，陪陪远道而来的我。

此地，河南人不少，来来往往的家乡人应该也不少，不是非要这般热情、周到。

但他念旧。他不停念叨着某年某月与某些报人同行的相聚，那些情谊都在他心里，他说着，激动起来，顺手拿起电话就打给其中的一个。

那个人在日常生活中忙碌着，忽然接到这样的电话，大概会有些欣喜，又有些陌生。他却是不管不顾地热情倾诉，仿佛美好的相聚就在昨日。

镜头里，各色的丝巾裙裾，比桃花还要鲜艳。他看着我们欢天喜地，便开心地笑。

没有不好看的照片，只是要留住这瞬间。日后说起，也曾来高原看过这野生的桃花，也曾有这样的欢喜。

桃花不语，它开给自己看。

27年前，他青涩年少，当兵来到林芝八一镇。桃花是否见证了他曾经的岁月？得多久，才能遇到一个可以说得上话的人，往事会被点亮。

他说起，两年前，他被调到西藏日报社。在拉萨，他住不惯。在成都，也有房子，每年能待上个把月。

但心里想的还是中原一个叫中牟的地方。

他年少时的记忆和我话语中新鲜的中牟交织，在心上氤氲着一个盼归的梦。

三

沿途，山坡上，树枝上，房顶上，目之所及，到处都是经幡，又称隆达，也叫风马旗。

心事悠悠，写在白色、黄色、红色、绿色、蓝色的旗子上，以风为马，去往远方的远方，天边的天边。

想起在巴松措的那个午后，我们在纯净深邃如宝石般迷人的湖边流连。登上湖心小岛，迎面看到建于唐代的错宗工巴寺。穿越千年风霜，土木结构的建筑依然稳固。

当地人用藏语讲述寺庙的历史，听翻译，也不大懂，但生出一种敬畏感。不知怎么，就脱了鞋，跟着走进寺庙里。人们在黑暗中祈祷。撤下来的青稞窝窝头等祭品，在一边摆放着，

　　　　　　　　　　　心田种字

允许品尝。我拿起一个，吃了几口，把剩下的放在背包里。

出来后，绕湖一周，被一些神奇的事物指引着前行：一棵名曰桃抱松的连理树。600多年的古桃树，盘根错节，树中间一棵松树，枝干上布满了青苔，生长出迷人的传说。

顺着转经筒走过去，层层叠叠的经幡系在高大的松树枝上，一直延伸到湖面。湖边一棵千年青冈树，据说，它的树叶上有天然形成的动物图像和藏文字母。我们仰望着，试图寻找着一片带字的叶子，像是等待奇迹的发生。

湖的另一边，一只不知从哪里走来的小狗跟着我，眼神温柔，似乎通灵。我蹲下，忽然想起包里的青稞窝窝头，拿出来，它仿佛早知道似的，心满意足地叼走了。

在这片土地上，奇迹和美景一样无处不在。就像曾经，这里不过是零零散散的几十户人家，因为一批批解放军部队来到八一镇，和当地藏民一起开垦荒地，艰苦创业；因为全国各地持续热情的援建，因为太多如我的两位老乡般把青春奉献给这片土地的人，才有了林芝这座明珠般璀璨的高原城市。

后来，其实一直到今天，人们还是习惯称林芝为"八一"。

林芝，藏语的意思是：太阳的宝座。

在这里，每个人的心事都如此清晰，密密地写在经幡上，怎么也写不完。于是，一些旗子旧了，换上新的，人们把对美好生活的祈愿挂在阳光里，世世代代，成为永恒的风景。

（原载《河南日报》2016年5月25日）

梅竹往事

一

北风呼啸，刮过日间繁庶热闹的城口镇。河水缓缓流淌，长长的街道被夜色笼罩，寒气弥散。

红军战士围火盆而坐，烤食物充饥。刚刚在温泉池洗漱过的身体还冒着热气，几分惬意。

忽然响起一支曲子，清幽跌宕，仔细听了，正是《梅花三弄》。

嚼东西的声音忽然停了，年轻的脸庞闪现出凝思静穆的神色。

就在两天前，另一些战友在铜鼓岭和前来阻击的国民党军队正面交锋，100多个鲜活的生命说没就没了。这样的牺牲换来主力红军的短暂休整，仿佛是用笔草草写就的叹号和顿号。

心田种字

那夜有没有月光呢？就这样露宿街头，和衣而睡。那是1934年11月6日，一切才刚开始。

82年后的秋天，当我踏上广东韶关这片土地，才知道长征最初的步伐是这样迈出的。

其实，也并不真的知道。

很多时候，路过一个地方，只是路过，未曾刻意留下供人追溯的痕迹，何况是匆忙的行军途中？

于是，那些崭新的标示牌成了最清晰的也似乎是唯一的证明。

在仁化县陈欧镇营下村，听当地人讲述口口相传的红军路过此地的故事，我一时迷惑，近旁那棵360年树龄的小叶榕树会不会知道得更清楚？

而当年红军8名伤病员被敌军推下日头河时，汹涌的水流是不是带着刺骨的寒凉？这些，也只有那座建于清代的石桥知道吧，它见证过多少的沧桑往事，可还记得当年的风雨如晦？

在原址为高岗庙的仁化县中山公园，埋葬29名烈士的高高纪念碑后，孩子们在石砌的坟茔上玩耍，阳光穿透高大的落叶林，时间在指缝中滑落。

走过古秦城的旧门楼，看到被废弃的锦城温泉旧址，墙面已斑驳，门框摇摇欲坠。温泉池内水流依然，散发出浓郁的硫黄味，还有妇人在里面洗衣服。当年，这里曾荡漾着红军战士的欢笑声吧。试图唤起想象，却有种记忆被谁暗中偷换的感觉，仿佛到了不真实之处。因为这未被修饰的简陋，突然心痛。

在寂静的正龙街上，看到曾作为中共地下联络点的两间屋子，依然是破败，隐藏在周边的民居中，更显萧条。但据说已被政府收购，将重新整修，恢复原貌。

我抱有希望且相信：后来的年轻人即便带着对长征的模糊感知走过这里，也能被唤醒，也能有深深的了解和触动。

二

绿荷裹饭、客集如云、素竹成行、笺排似雪……这些个词语穿过茫茫历史扑面而至，瞬间击中了我。正在修缮中的长江镇广州会馆里，一块清朝光绪年间的石碑上，记录着这座古镇当年"长江纸贵有胜洛阳"，一时商贾云集的盛景。

此地竹密林深，新生嫩竹柔韧滑泽。经过选笋、压榨、搓笋、抄纸、切割等22道工序，由人工制作而成的纸，色泽淡黄，莹润如玉，被称为玉扣纸。

玉扣，多么形象！曾经不仅作为贡纸，更进入普通人家。这里的老百姓，那一双双抚摸过绵软细嫩纸张的手，沾染了多少文化的墨香；而用这纸包裹过的当地美食，又曾带来多少口齿留香的回味。

1931年，红三军来过这里，那时，在古雅的广州会馆，毛竹和纸张被大批的棉布、军服替代，也曾变成药物和食盐；

红军长征路过此地时，曾目睹昔日广属商贾桑梓情深的会馆又成为见证红军将士昂扬斗志的临时指挥部。

往事悠悠，时光是只魔术手。

那日，行至乐昌市五山镇，灼人的秋阳隐去，忽然起了风，冷雨飘落。

竹林里，他踱着步，抬头，轻抚，看准了，利索地砍下一棵。取毛竹其中的两节，剖开，酒香带着清淡的竹香弥散开来，人群一片惊呼。

这是石下村村民张求华的专利。退伍还乡后，他一直思考如何用毛竹致富。经过反复试验，他把当地传统工艺酿制的米酒注入毛竹竹腔内，让酒与竹共融，自然生长。

多么奇妙的创意。

正如当我们带着酒香和暖意爬上五山梯田，被远山的黛绿和稻田的青绿、柠黄所组成的大美画面震撼，也被每块稻田边写有主人名字的标牌吸引。

清冽的山泉水和昼夜巨大的温差，让这里的稻米韧性甘甜。这些田地以农业合作社的方式被集中打理，对外招募田园主人。只要交一定的认租费用，就可以坐等收获加工好的优质大米。

那一刻，忍不住感叹，这梯田不仅是大地秋日最美的曲线，更是现代田园谱写的丰饶之歌。

那一刻，也忍不住怀想，此地正是当年红军进入粤北走过的最为艰险的路。

那时，在海拔1500多米的大王山，雾浓霜重，悬崖峭壁间，战士们举着火把走夜路，一条火龙盘旋上去，成了一座螺旋形的火灯塔。走得最远的几盏灯火，仿佛几颗零落的星子。

终于，火把化作满天星。

终于，在迂回曲折的征途上畅想的美梦都变成了眼前丰足的现实。

三

远远地，似乎闻到了梅花香。

明明还是秋日，但香味就是丝丝缕缕地萦绕，挥之不去。

踏上这长长的存在千年的梅关古道，踩着斑驳的青石板路，想慢一点，再慢一点，让那些扑面而至动人心魄的故事多停留一会儿。

听到大诗人张九龄仰天长啸。

那是唐开元四年，时任左拾遗的他，不辞辛苦，在大庾岭开凿岭南驿道。及至梅岭顶上，岩石坚硬，阻塞去路。为了感动山神，他身怀六甲的夫人戚宜芬毅然剖腹，以命祭天。两年之后，危崖百丈的梅岭山隘成为一条沟通南北的最便捷的官方驿道。

这悲壮惨烈的传说故事镌刻在半山腰夫人庙前的石碑上。许多真切深沉的情感，因为难以言喻，一再被演绎，就如张九龄那千古传诵的诗句："海上生明月，天涯共此时。"

听到英雄将领陈毅的慷慨悲歌。

1936年冬，陈毅率领的游击队遭敌围困，在梅岭树丛草莽中隐伏了20多天，自料难免牺牲，于是挥笔写下绝命诗《梅岭三章》。陈毅一生金戈铁马，长征红军主力经由此地离开后，留下来坚守的那一年对他可谓是最艰苦卓绝的岁月。

在梅关古道，看到他用草书写就的这三首诗镌刻在石碑上，"断头今日意如何？创业艰难百战多。此去泉台招旧部，旌旗十万斩阎罗……"字字如梅花笑傲风雪，句句似星辰璀璨夺目，激励多少后来者。

看到苏东坡和汤显祖落寞诗意的背影。

两位大文豪被贬，在梅关古道往返，一个写下"梅花开尽杂花开，过尽行人君不来"的感遇诗行，并留下一棵"东坡树"，蓊郁青葱至今；另一个在吟咏"枫叶沾秋影，凉蝉隐夕晖"后，完成《牡丹亭》，剧中所有的痴情与幽梦都离不开一个"梅"字。

追忆，仰望，恍悟梅香从何而来。

在这梅关古道上，在这片历史文化积淀深厚的粤北之地，每一片叶脉，每一方青苔，每一处水流，每一块沙砾，梅之傲然之骨、清冽之气，早已氤氲开来，直至无处不在。

当年咏梅处，如今梅成林。

（原载《河南日报》2016年11月4日）

映在时光里的容颜

　　粉红色的花朵，密密匝匝，又各自独立，似一片云霞，又像一群飞鸟。

　　初到黄埔，怀抱着对这片英雄土地的向往，以为会看到高大的木棉树和火红得撼人心魄的花朵。

　　眼睛却被称作美人树的异木棉点亮。这才知道，冬日的南国，是它们振翅飞翔、展示美丽的舞台。

　　那时，我还不知道广绣传承人陆柳卿的名字。

　　在南海神庙，穿过千年历史的烟云，在一阵一阵的慨叹声中，看到一位七十一岁的老人，衣着朴素，眼神明亮，她安静而专注地坐着，手指穿针引线，上下翻飞，只一会儿，绣布上就出现了一朵娇艳欲滴的牡丹花。

　　十二岁，她已经掌握了40多种广绣针法；十七岁，已被广绣界称为"花王"；六十三岁，她耗时三个月，用金丝绒线完成长达4.1米的《波罗全图》，在广州乞巧工艺展上获最高奖；2010年，广州亚运会，她以吉祥物、会徽为主题创作出七件广绣作品，赠给组委会。

近六十年的岁月，广绣已经融入她全部的人生，只要是看到身边美丽的风景，哪怕是路边的一朵野菊，她都会想将它做成广绣，放在一个小画框里。而每一次创作，都像是第一次，创意和灵感赋予她的刺绣鲜活的生命力。

如今，在广州市黄埔区文化馆，陆柳卿有了自己的广绣工作室，让她欣慰的是，自己的小孙女也爱上了刺绣。

我试着坐下来，拿起细如毫发，长度只有2.5厘米的绣花针，却怎么也拿不稳，尝试了几次，总算把线穿进去了，却在绣出的第一针就出了错。

那时，我也不知道"神枪手"顾筠的名字。

在长洲岛，怀着仰慕的心情走进黄埔军校旧址。参天的榕树掩隐着简雅庄重的校舍，在军校史迹展室，一幅幅黑白照片带我们走进革命激情燃烧的岁月，那些年轻的脸庞，飒爽的身姿，那"亲爱精诚"的校训，那一个个如雷贯耳的名字；那些陈设依旧的教室、校长办公室、会议室、自习室、资料室，食堂里的碗筷，宿舍里摆放整洁的斗笠、毛巾、脸盆、白净的床单，无言地诉说往日的历史。

忽然就听到顾筠的名字，也才恍然记起黄埔军校曾有过213名女学员，而顾筠和民族英雄赵一曼等被称为"黄埔四女杰"。

她本是明艳的花，不仅样貌出众，更喜爱音乐、戏剧、绘画，饱读诗书，颇具文才。二十七岁，加入中国共产党，走上革命道路。考入黄埔军校武汉分校后，她练就了一身军事本领，枪法出神入化，双手用枪百发百中，令男同学自愧不如，一时被誉为"神枪手"。

后来，她回到家乡组织游击队，不到三个月时间，创立从浏阳到平江的大片根据地，担任"平江工农革命军"总司令，是红军中唯一的女司令。1930年，她担任红八师师长，成为红军第一位女师长。

只看到那一张顾筼的侧面照，目光中坚毅和英气。那些女学员后来都去了哪儿？留下来的也只有当年她们训练时的集体照，一例的阳光自信。

那时，早已知道凌叔华的名字，看过她的作品，却不知道她祖籍就在黄埔区深井村。

这位才华横溢的女作家是一个似生活在梦幻里的诗人，用同时被称为"珞珈三女杰"的苏雪林的话说，"叔华的眼睛很清澈，但她同人说话时，眼光常带着一点'迷离'，一点'恍惚'，总在深思着什么问题，心不在焉似的，我顶爱她这个神气"。

她一生深爱大自然，小说中的文字似素兰在黄昏人静时微透的清芬；绘画里的意境又如红豆般大的灯盏在风中摇曳的淡远。

这样一个女子出身于名门望族，祖父凌朝赓乐善好施，深明大义；外祖父是广东画坛名家，家藏书画甚丰；父亲凌福彭与康有为乃同榜进士，官至顺天府尹，工于辞章书画，曾与齐白石等交往甚密。

今天的深井古村依然保留着凌氏祖祠和凌家老宅，不知道那些岭南的古朴遗风，那些深深庭院的静谧有没有穿越时空，潜入凌叔华的气质里，只知道在她的自传体小说《古韵》里，旧式文人大家庭中复杂的关系带给她的淡淡的忧伤和孤寂。

后来，她随丈夫陈西滢旅居海外多年，但内心深处一直牵挂着故园山水。一条轻浮天际的流水衬着几座微云半掩的青峰，一片疏林映着几座亭台水阁，她的笔下尽得中国传统文人画的神韵，在国际画坛赢得诸多赞誉。

九十岁高龄，她执意回国，再看一眼北海公园的白塔，再看一眼史家胡同的旧居，然后转身，留给这个世界余音袅袅。

最后的最后，还是那般清秀娴雅，静静地回归自然，化作一朵花或一棵草了吧。

时间仍在分分秒秒地流逝，这些女子在一条叫时光的河流里沉浮，于这片土地千年的风云变幻里照见彼此的容颜，或许也曾灼灼其华，或许会被人们记起而一再闪回，或许被暂时地忘却。又或者，只是因为我来，恰好看见她们。

但也许，正如茨维塔耶娃写给里尔克的信里说的："终有一天，我们会重逢，倘若我们一同被人梦见。"

想起那晚，久不见的朋友站在颇具现代设计感的香雪公寓门前的路上聊天，那么欢喜，那么投入，待抬头看向温暖的夜空，惊觉月亮那样圆满硕大，它散发的光芒将我们紧紧地裹挟，近旁，异木棉花灿烂盛放，让人畅想李白"朗笑明月，时眠落花"的意境。

那些梦幻般美丽的时刻，将在时光的河流里被我们的记忆一再唤回。

（原载《光明日报》2016年12月23日）

心田种字

生如夏花

一

在西峡，与一株株花草对视，是意外的相遇。

那时，它们看我，是一个眼神中流露着倦意的女子，一个无限温柔喜悦的母亲，时光留下太过抹不去的痕迹，也决绝，也幸福。

那时，我看它们，竹林消、鸢尾、马鞭草、桔梗、牡丹、金盏菊、小蓟、冬凌草……一个个美丽的名字带来清凉的慰藉。隔着透明的玻璃瓶，它们安然地住在营养液里，在至少十年的时光里不凋不败。

一株花草要成为一味药，还需经历粉碎，干燥，筛选，提取诸多工序，然后等待时间的打磨，渐渐释放出一种力量。

这是一种非常缓慢的力量，它需要量的累积、叠加，它需要温度、湿度，需要和某个身体一起以无比的耐心去穿越，沉降，升腾，飞翔，直至拨云见日，归于明朗和宁静。

不是每一个未病或已病的身体都有这样的幸运，这样的耐心，这样的清明和自觉。

二

世界上有两种时间：一种是宇宙中自然流淌的时间，一种是每一个人记忆中冻结驻留的那一刻。

这是那一晚，观看话剧《在那遥远的星球，一粒沙》，记住的一句话。

我在郑佩佩饰演的女主角叶樱密不透风的伤心里，想着自己的心事。失去丈夫的她为自己编织了一个无比荒诞的故事：那个人在另一个遥远的星球，手里捻着一粒沙，许下相见的心愿。她由此把自己搁置在思念里，靠一份冻结的希望活着。

我试着回想被自己的记忆冻结驻留的那一瞬间，竟是清晨阳光中盛放的花朵，竟是无比深情的凝视，竟是这世间难得的相知与喜悦，就这样找到一种放逐伤心的方法。

方法还有很多，比如一场骤雨，一回欢聚，一次远行。又或者是放在夏日热烈的阳光下曝晒，倏忽间就蒸发了。

那日，在仲景百草园，同行的剧作家暗香捡拾了一朵黄色的野菊花戴在耳鬓，白色飘逸的裙裾，俏皮的眼神和盈盈笑意，真是美极了。女儿看着羡慕，也喊着要戴花。

遍地都是宝贝，我们被浓郁的草木香挟裹着，不经意间，花儿就跳入视线。这儿一片紫色的蓼草，那儿一片粉红色的荷花，再往前，又是成排的木槿，木槿树背后，竟藏着大朵白色的栀子花！

为女儿折了一朵不知名的小黄花，她欢喜地插在头上；然后又捡了两朵紫红色的木槿花，我戴一朵，她戴一朵，做陶醉状，摄入镜头中。

浓香的栀子花一直被悄悄地握在手里，这浓郁不散的香，是绚烂的夏日味道，有着勃勃生机，带来深深的安慰。

三

夜色深沉，长长的下坡路，似没有灯光。我俩牵着手，慢慢地走着。药味弥散，仿佛缭绕在四周的雾气。

到阔大的广场上去，借着灯光，逐一念读草坪上石刻的文字，那是一个个药方。女儿认真地听着，像是听懂了似的，不停地点头！

读到一个"糖尿病治疗方子"：西洋参五克，枸杞子五克，生地五克，葛根五克。水煎代茶饮。

她惊呼，爷爷有糖尿病，喝这个茶好！那神情，恨不得立即煎了茶，治好爷爷的病。

在一座座塑像前，我逐一介绍，这是扁鹊，这是张仲景，这是华佗，这是孙思邈，这是钱乙，这是李时珍……每一位都是中医药发展史上的传奇，背后都有着长长的动人故事，而所有的故事无外乎"仁心仁术"。

"医，仁术也。仁人君子必笃于情，笃于情，则视人犹己，问其所苦，自无不到之处。"这是清初名医喻昌的话，赫然挂在医院治未病科的墙上。

就是这"苦"字，就是这"未"字，无论是身体的病，还是心里的痛，一并问出。

在隐隐约约觉得不适的时候，在还未病入沉疴的时候，在一切还来得及的时候，且调理，且疗养，且让这病痛暂时冻结，然后用那些神奇的散发着香味的药材，去熏煮，去柔化，解开难以名状的郁结。

四

自郁郁葱葱的山林间行走，人常常不自觉地就放松了。在天地的怀抱，幻化成一棵树，一株草，一朵花，迎着阳光雨露，自然地呼吸，生长。

在此地，很容易就能理解大养生的理念。它是一整套的生活态度和生存方式，它与地域、环境、季节、阳光、空气、饮水相连，它与每一粒种子，每一棵幼苗有关；它与每时每刻的心情，与每一天的行卧起坐密不可分。

它是自然之道，蕴含着生生不息的秘密。"我相信自己，生来如同璀璨的夏日之花，不凋不败，妖冶如火，承受心跳的负荷和呼吸的累赘，乐此不疲。"

泰戈尔的诗句宛如乐章，在石阶上，在清泉里，在每一个同行者的微笑里，闪烁，跳动。

（原载《河南日报》2017年7月19日）

河流带我去远方

一

立秋的前一天，哈尔滨中央大街上，我们踩着花岗岩雕造的方石路面，在历史和记忆中穿梭。寻寻觅觅，触碰到的全是云烟般的往事，全是今是昨非的留痕，全是借由文字呼啸而至的时光。

那时，我不知道，松花江竟是这样近在咫尺。穿过地下隧道，走到江边，在夜幕里，看不清水流的样子，不远处百年铁路桥在灯光里闪烁，近旁的大人小孩都带着闲适的神情，江面上是来来往往的豪华游船，想象中的辽阔、沧桑等词汇一时间竟找不到寄托。

就在这江畔不远处，20世纪30年代初，知名东北作家们聚会的牵牛坊，似乎还有欢笑声传来，那时开满牵牛花的院落如今只剩下街角建筑上一个写着冯咏秋故居的标牌，若不留心，便看不到。

就在这江畔不远处，作家萧红和萧军曾经栖身的欧罗巴旅馆，变成了新建的欧罗巴宾馆，只有门口的女作家塑像和她那篇毫不掩饰地记录着当时穷困窘境的文字，让人慨叹，不是慨叹苦难，而是慨叹写作可以这样坦率得毫无保留；曾经的商市街名称变作红霞街，二萧在这里一间半地下室的房子居住，合作推出小说散文集《跋涉》，度过他们人生中真正甜蜜的黄金时代。院子还在，地下室早已拆除，只有墙体上黑色的印痕，让人无可联想地追忆。

也是这江畔，见证着"九一八"后，东北大地上人们曾经无奈的流亡和血泪的抗争；

也是这江畔，伫立着哈尔滨防洪胜利纪念塔，是这座城市人们的勇敢智慧，将惊涛骇浪化作细水长流。

我坐在江边的树下，仿佛看到飘落的雨丝里，这些人和事都如昙花，在时间的长夜里绽放，然后合上，落地。那般绚烂洁净，又那般凝重深沉！

二

这个星球上，是谁第一眼看见了河流？

或者根本不用睁眼看，人类逐水而居，就在河流里诞生，接受河流的滋养。但那第一眼必定是惊喜的，惊的是这清澈的甘泉要流向何方，那未知的世界是什么样子，就此有了远方之念。

当我们来到这人世，又是何时看见了河流？

记忆里，童年时那条神秘的大河，从不去问它的源头，不猜测它的归宿，仿佛它是从天而降，只跟随我的心魄起伏。后来，当我在某个夏天的夜晚站在沙澧河的交界处，清晰地看到水流的交汇与融入，才豁然感受到某种启示。

就像那天，若没有萧红研究学者章海宁先生的陪伴和指引，我们无论如何也找不到萧红童年时看到的呼兰河。因为河流改道，那段河面已成为静止的风景。当我们走过成片的古槐树，看到草木葳蕤，掩隐着清澈的水面，脑海中浮现出萧红在《呼兰河传》中的字句：

> 我第一次看见河水，我不能晓得这河水是从什么地方来的？走了几年了。
>
> ……河的对岸似乎没有人家，而是一片柳条林。再往远看，就不能知道那是什么地方了，因为也没有人家，也没有房子，也看不见道路，也听不见一点音响。
>
> 我想将来是不是我也可以到那没有人的地方去看一看！

和家乡的呼兰河在岁月中的静默相比，萧红内心有一条汹涌澎湃的河流，这条河流带着她不顾一切地奔向远方，奔向自由。但想象中那没有人的地方却是人潮滚滚，在时代的

　　　　　　　　　　　　　　　　　　　心田种字

洪流里，她的命运颠沛流离，唯一可以掌握的是手中那支笔。

十年的时间里，在怀孕、生子、饥寒交迫、饱受情感和疾病困扰之中，她勤奋写作，在文字的世界里特立独行，近百万的作品超越了时代的局促和负累，写出了纯净的优美和复杂的肮脏；那文字里有最深情的眷恋和最冷静的审视，最灿烂的刹那和最渺远的永恒。她的灵魂是一只无所羁绊的飞鸟，带着神奇的光，照彻这世界的根本。

可惜的是，她留给后世的传闻太多，那些关于情感与道德的是是非非，让我们忘记她已经在自己的作品里交付了一切，静下心去读才是唯一值得做的事。

三

到源头去。

洛古河村端坐在黑龙江的源头，不过四十户左右的人家，清一色的木刻楞房屋，劈柴捕鱼为生。走进去，是简单温暖的生活，里面住着长寿的老人。

那天，我穿着浅青色细麻质地的斜襟大褂，里面是白色的蕾丝衬裙，不知为何，扶着深褐色的柴门，或倚着海蓝色的玻璃窗框拍照时，很容易就走神了，恍然觉得像是来过这里。

不是吗？一些泥土，几把茅草，一片麦田，一座瓜棚，一篱黄花，都散发出熟稔的气息。

还有风雨晦暝之时的片刻小憩。那天午后，一场大雨把我们阻隔在村中饭店里。没有人着急，也没有什么要紧的事，坐着看看雨便好。

四

每天与河流对视，在如今，是不是一件颇为奢侈的事？

只有在休假时吧，但休假时又总是匆匆忙忙地在赶路，忙着把自己从一个景点挪到另外一个景点。

即便逐渐领略了休假真谛的现代人，所求的不过是闲适。面对自然，也很难真正去观察，读懂，融入。

但在北极村，在这个用河流、森林、云朵、草甸、野花编制的童话里，走进去，每个人都成了自在的鸟儿。人们逃离炎热的天气，飞到这清凉世界，过上了神仙般的日子。

仙子们住在张仲景养生院汉代风格的宫阙里，日日睡到自然醒。窗外，雾霭烟岚宛若飘带，环绕黛绿的元宝山，说着情话。你知道，不一会儿，就会有娇俏的泪珠淌下来，也要不了多久，又会露出笑脸。有时候，我们不等它露出笑脸，就出发了，太多的美景等着我们啊，晴雨皆好。

几乎每天，都要到黑龙江边去。有时，是特意去找"北"，那么多的"最北"景观，怎能不被吸引？有时，只是坐在沙滩上，或者像孩子似的比赛打水漂。

有时，是意外地，顺着天空的指引，一点点等待光线暗

心田种字

淡下去，看云朵的聚与散，看霞光的暖与冷，看河面的波纹与涟漪，看远山的青翠与苍茫，身体内的那条河流平静清澈，没有一丝波澜，连整个人也似乎正在变轻，要归于无了。

想起叙利亚诗人阿多尼斯的句子：

什么是真相？让你描绘水的面孔，或是光的脸庞；

什么是人生？朝着黄昏，不停地行走；

什么是翅膀？天空耳畔的一句低语；

什么是河流？大地在双乳间或肚脐下，安放的床；

…………

（原载《北京日报》2017年9月21日）

怦然心动

一

夜色温柔。

是南方冬日的夜晚，她坐在我的身旁，淡淡的香味，柔柔的气息，恰到好处的暖意。

我们偶尔交谈，寥寥数语，勾勒出分别多年的人生轮廓。时不时地，她指给我看次第上台的音乐名家：傅庚辰、赵季平、叶小钢、万山红、戴玉强……

这是广州大剧院，第十一届中国音乐金钟奖颁奖典礼现场。我们的头上，是灯火璀璨的穹顶，如布满繁星的天空；看台交错重叠，似"双手环抱"，和流线型的墙体等一起，传递出震撼、近乎完美的音效。

不是非要来看这场典礼，是在这样的时刻，想到她。毕业那年，她跟随爱人的脚步，到佛山去。在媒体工作了10年后，毅然离开，到广州大剧院工作，无限接近心中的艺术梦想。

典礼结束后，走下大剧院长长的台阶，她指引我到一个最佳的拍摄位置。在那里，广州大剧院的外观确如两块被珠江水冲刷过的灵石，干净、透明，又闪烁着极具吸引力的光芒。

那晚，我们匆匆相见，告别。

她转身，要开一个多小时的车，回佛山的家。日日如此，辛苦忙碌，但于她，却是发自内心的满足和自豪。

我转身，走进夜色中的花城广场，在棕榈、香樟、木棉、凤凰木等编织的绿色梦幻里，在紫荆、蝴蝶兰、五色梅、鸡蛋花等氤氲的清香世界里，感受一个人和一座城的温度。

我不知道，这温度是否萦绕在不远处的广州塔霓虹闪烁的"小蛮腰"上，是否沉淀在建筑肌理如书籍般层叠的广州图书馆新馆的时尚中，珍藏在似透雕宝盒般的广东省博物馆的典雅里，或是闪耀在美丽的"亚运之舟"海心沙岛，又或者只是在珠江畔草地上人们悠闲散步时的身影里。

我知道，梦想花开时，一切都是崭新的。正像这渐深沉的夜，月皎洁，人未眠。

二

"那时青春年少，不知如何是好。"

2017年春天，收到同学从武汉寄来的入校20年文化衫，深蓝色的短袖，胸前印着这两行字。

没能回校参加聚会的4个人，此时对坐在广州大厦附近的一间日本料理店里。

我们有多熟悉？7年的时光，在珞珈山上擦肩而过或在某间教室里并肩而坐。我们有多陌生？那时，每个人脑袋里都有无穷的想法，每个人身上都像长满了刺，各行其是，各自"神游"。就是这么看似一盘散沙的班级，42个同学，在微信群建立不久，就聚齐了。就像我这次来，在发出短信的瞬间，就得到了热情的回应。

自1997年到2017年的距离，是弹指一挥。时间的风霜隐藏在各自的眉宇间，发梢上，似还能隐藏得住。

但也不重要，重要的是那个人还是那个人，所经历的繁华或寒凉，虽不能一一道出，但拂去尘灰，都不曾改变那颗青葱的心。

何况是在南国。

此地有着丰沛的雨水、充足的阳光、肥沃的土壤和深厚的文化积淀，人也会如路边随处可见的百年千年古树般，枝繁叶茂，葳蕤多姿吧。

千百年来，一代代移民自北方、自中原、自楚地等迁徙至岭南，带来先进的技术和灿烂的文明；而作为海上丝绸之路的主港，自秦汉起，各种外来文化在广州长期交融，熔铸了此地包容、开放的特质。

而在我们身处的新时代，改革开放30多年来，这片土地一直走在前沿。我的同学们，也都身处这时代大潮里。当年毕业，

　　　　　　　　　　　　　　　心田种字

毫不犹豫地选择南飞，然后，落地生根。多年后，这三位同学，温柔可人的依然温柔可人，亲切宽厚的依然亲切宽厚，锋芒毕露的在做了父亲后收敛了尖锐，变得成熟。都是好的。

夜空下，在北京路上随便走走，就能看到秦番禺城遗址、西汉南越国宫署遗址、明大佛寺等多处古迹。不远处，广州百货大厦、新大新公司等和一批老字号店铺的招牌仍在闪烁。

分别时，无端地，想起冯至的诗《南方的夜》：

> 燕子说，南方有一种珍奇的花朵，
> 经过二十年的寂寞才开一次——
> 这时我胸中觉得有一朵花儿隐藏，
> 它要在这静夜里火一样地开放！

三

"如果世事只不过是一场梦，你会醒来吗？"在词剧《邯郸记》的宣传册上看到了这句话。

心有所感。

及至认真观看了这场想象力天马行空，且戏谑且严肃，既简约又繁华，如梦境一般的词剧，感慨良多，为之喝彩。

我不曾想到，会在这样一出剧里与汤显祖相遇。"临川四梦"之一《邯郸记》中"黄粱一梦"的故事如此熟悉，它出自唐代沈既济的传奇《枕中记》。讲卢生于邯郸旅舍遇道士吕翁，生自叹穷困，翁授之以枕。卢生在梦中历经人生富贵荣辱悲欢，及醒来，店主所炊黄粱尚未熟。

在汤显祖的笔下，《邯郸记》已不是原来意义上的度脱剧，这里面有彻底的改造与创新。正如剧本中卢生醒来后说的："夫宠辱之数，得丧之理，生死之情，尽知之矣。此先生所以窒吾欲也，敢不受教！"

剧作家叩问生命存在的本质问题，是选择与世浮沉，追逐功名利禄，还是过一种简朴但心灵自在的生活。也许，人生在世，荣辱得失的道理，爱恨生死的真情，其中最关键的不过是及时遏制自己的贪欲。

冯梦龙《墨憨斋定本邯郸梦总评》说："《紫钗》、《牡丹亭》以情，《南柯》以幻，独此因情入道，即幻悟真……'四梦'中当推第一。"

数百年后，看《邯郸梦》，仍有太多的感触。

舞台上，京剧名家关栋天饰演的"清远道人"气宇轩昂，醇厚的唱腔令人沉醉。"清远道人"正是汤显祖的号。就这样，汤显祖取代了原作中的道士，他像是唯一清醒的哲人，他其实就是一位哲人。回望古典文学史，少有人如汤显祖般把生与死、情与理写得这么纯粹、透彻，写到极致。

那个夜晚，广州话剧艺术中心的王筱頔导演携众位主创登台谢幕，台下掌声雷动。这词剧，将传统戏曲元素与现代化话剧创意结合，也许真的可以和莎士比亚的诗剧呼应媲美。

艺术创作，需要这样的创新、创意和大胆的探索。

正像半个世纪前，粤剧名家马师曾、红线女主演的《搜书院》赴京演出，获得戏剧界的一致称赞，被称为粤剧改革第一里程碑。

正像清末画家居巢、居廉创新中国画技法，独创"撞粉法""撞水法"，并在居住的十香园，培养了一大批出色的弟子。十香园由此被誉为"岭南画派摇篮"。据说，那里种有素馨、瑞香、夜来香、鹰爪、茉莉、夜合、珠兰、鱼子兰、白兰、含笑等十种花木。

那时，在黄昏与夜晚的边界，坐在那个小小的园子里，听到这些花木的名字，仿佛隔着时空闻到了悠悠花香，不禁怦然心动。

（原载《河南日报》2018年1月3日）

理想生活

一

当年，我说的是多年前，还没有正式踏入社会的时候，还在大学校园里每日面对着山色与湖景强说愁的时候，我们心中期盼的理想生活是在某个繁华的都市里，拥有属于自己的一盏灯。想象着寒冷的夜晚，待在自家温暖的房间里，路人经过，会抬头看到那盏灯，散发着橘色的柔和光芒，会发出羡慕的感叹。是的，我们憧憬着那样有饭菜、有亲爱的小日子。

后来，日子呼啦啦地扑面而来，真如作家张爱玲说的，十年八年都是指顾间的事。该经历的一样也不能躲闪，该拥有的或早或迟也都已经拥有，才发现所谓"尘满面，鬓如霜"也并非遥远，而"回不去了"却是铁定的事实。在浩荡的时间里，顺流而下是容易的，追求时下身为一个人该享有的一切，美食华服好车豪宅，倘若你得到，你将获得羡慕与喝彩，

　　　　　　　　　　　　　　心田种字

似乎就不虚此生了。但你心里清楚并非如此，物质填不满那些迷惘，当被各种各样急迫的任务催促着一路奔波的时候，你渴望一份静谧与安宁。那是精神的灯盏。

似乎也不是拥有一个院子就能解决的问题。虽然我们都在喊田园梦和院子理想。如老舍先生在《我的理想家庭》中写的："院子必须很大，靠墙有几株小果木树。除了一块长方的土地，平坦无草，足够打开太极拳的，其他的地方就都种着花草——没有一种珍贵费事的，只求昌茂多花。屋中至少有一只花猫，院中至少也有一两盆金鱼；小树上悬着小笼，二三绿蝈蝈随意地鸣着。"我们又开始了新一轮的憧憬，依样描画，你的、我的，或他的理想生活相似度颇高。但细想来，这未尝不是另一种随波逐流。真的实现了，在娴雅的庭院中喝着茶，看着花，幸福就唾手可得了吗？

二

不经意间同时步入了两段时光。

一段是斑驳的旧时光。一段是幼稚的小时光。

在宏村的月沼前，当朋友举起相机，把我和淑霞姐、小美、云洁等的笑容定格时，我意识到不能再往前走了。

半月形的池塘，碧水澄澈，将湛蓝的天空和悠游的白云拥入怀中，错落有致的粉墙黛瓦倒映在水面，600年的风雨沧桑，化作墙上的一抹灰黑的暗沉色，更平添了些许怀旧的韵味。

我们就在画卷里，往前一步是汪氏宗祠乐叙堂，巾帼丈夫胡重的传奇故事被供奉流传。退后一步是一家叫"旧时光"的咖啡馆，据说曾上过皖南古民居邮票。

此时，理想的生活是在月沼边找一个地方坐下来，捧着一本心爱的书，发上半天呆。黄昏的时候，到旧时光里喝杯茶或咖啡，和两三个朋友聊聊天。然后，等待月亮升起，月牙儿，半月，或者满月，看天幕如何蓝得纯净且深邃，看倒映在水面的月如何清寂且荡漾。夜深时，在村子里那些叫"寒舍留白""朝花夕拾"等的客舍中选一间楼上的房间，听着穿村而过的流水声入梦。如果够幸运，到徽州"活词典"汪瑞华先生的家里寄宿几晚，听他细细道来古村落的故事和历史……

单是想想就心旌摇曳。

事实上是那天的雨淅淅沥沥，走得疲惫时，躲到一间小小的茶吧，招牌上写着大大的"时光幼稚"四个字。

女店员青春俏丽，递过来一杯百香果茶、一杯热可可。独自坐着，慢慢地喝。环顾店内装饰的雏菊、满天星，一面墙的卡片，琳琅满目的卡通风铃，大红色的复古邮筒，真是穿越时光重返天真的感觉。

翻看卡片，印有紫色睡莲和黄绿色苇草，画面氤氲着"一雨池塘水面平，淡磨明镜照檐楹"的那张总是有感应似的一再出现在我眼前。上面印着：想念是会呼吸的痛。我拿起来，在背面随手写下几行字。想想，也是欲寄无从寄，就请女店员给挂起来。她的头顶上，挂满了写着种种心情的卡片。她说，我给你挂高一点，下次来还能找到。

还会再来吗？对每个初相见者来说，不同的心情，带着期待，那时光总是幼稚、鲜活的。但一批批的游客，潮水般涌来又散去，最终留下的，是层层叠叠带着青苔味道的旧时光。

三

阳光洒在树叶上，叶脉清晰透亮，青绿的叶片在风中微微摇曳，只是坐着，久久凝视，没有单调和厌倦，反而觉得心也透亮起来，无比丰盈，无比畅快。仿佛体味到自然的某种深意，或是启示。

那天上午，在碧山村猪栏酒吧乡村客栈二号店院子里，我用手托起一片叶子的照片被淑霞姐拍下。我把照片发给客栈老板寒玉，同时附上一句：捧一叶阳光，有飞鸟翩然于心。

那天，整个碧山村都是我们的。

乡间的小路是我们的，它保留着那样一份宁静，似乎只为等待我们到来。头顶热烈的太阳和身旁潺潺的溪水，更衬托了一份寂和静。偶尔会看到几个村民在稻田里忙着插秧，随意问一些幼稚的耕种问题都能得到和善的回答。远山在望，亘古的静默。李白的诗句悄然浮现：问余何意栖碧山，笑而不答心自闲。桃化流水窅然去，别有大地非人间。

猪栏酒吧乡村客栈三号店的柿树、青苔石凳、石雕漏窗、木雕楹柱、曲折回廊也都是我们的。斜倚着留影，躺在摇椅上晃悠，抱着野花陶醉的时刻，没有其他游人，只有我们。

还有二号店碧山油厂阔大的客厅，复古的印花布，质朴的瓶插野花，高低错落的书架，别有洞天的花园角落，生机勃勃的菜地，安静雅致的禅修室，那一刻也是我们的。连管家小蜜蜂的热情也仿佛只为我们，她一直微笑着，满足而自豪。

及至到了碧山书局，大家在那样散发着久远书香和徽派建筑魅力的地方，捧着书安静地读，到二楼新开设的乡村旧书铺淘书，每个人都捧了一摞的新书旧书，相视而笑，你便知道，这群年龄参差不齐的旅伴，相聚在一起是因了怎样的缘分。

午后，在瓢泼般的大雨中，出现在西递猪栏酒吧客栈一号店的门口。管家小丽为我们倒了茶，就安静地忙自己的事情。我们坐在真正的根据曾经的猪圈改造的休闲区，品茶，看雨，又是怎样一番不同的体验。在客栈三楼，透过栏杆，看高低错落的瓦组成的风景。雨落在瓦上，泛起旧时光的味道，过往年月的滋味都在里面，任你怎么细细地看悠悠地想，也有看不尽想不完的故事和心事。

理想的生活便是这一天的生活。

四

浮生两日闲，真是偷来的闲。

归途中，便开始心神不定，因为手边的数件事情，还一

　　　　　　　　　　　　　　　　　　心田种字

时急躁起来。

但仍然值得。若生活落满了灰尘，那么每一次行走都是一次擦拭的机会。学会放下，忘却；试着敞开，更新。

也许总有一天，我们会意识到理想的生活即在于内心。即便身处闹市之中，也能有所专注，全心投入，保持一份清醒与自持；又或者是身处田园乡间，也在不断探索更好的生存方式，更深地思考人与自然的关系。

但愿我们都能过上理想生活。但也许并没有一种叫作理想的生活，也许生活全部的奥义就在于挣扎与徘徊，在物质与精神之间，在因袭与创新之间，在入世和出世之间，在理想与现实之间。

一代又一代人，在自己的局限里挣扎、拼搏，能有一些人明白这一世为何而来，诞生了不起的创造，大概便是意义所在。

（原载《北京日报》2018年7月12日）

依然神圣

那最初的一步

夜如何其？夜未央。庭燎之光。

公元前139年的某一天，星辰未落，晨曦初绽，在长安城华丽威严的未央宫前，他领取了汉武帝的旨意，带着沉甸甸的使命，带着对远方的未知，踏上前去西域的路。

第一次西行，张骞去了13年，100多人的团队，只剩3人归来。这是九死一生的岁月，被匈奴扣留软禁10年，完成使命的决心竟丝毫不曾动摇。屈辱的扣留和软禁如何？艰难危险的逃亡和风餐露宿如何？大戈壁滩的热浪滚滚，葱岭的寒风刺骨如何？都抵不过坚忍的意志、开阔的心胸和以信义待人的品格，都无法阻挡这场轰轰烈烈的西域凿空之旅。

于是有了公元前119年的张骞第二次西行，汉与西域诸国交通往来，似在不经意间，开启了影响深远的"丝绸之路"。

　　　　　　　　　　　　　　　　　　心田种字

于是有了东汉时，班超以"不入虎穴，焉得虎子"的决心，再次打通丝绸之路，并将这条路自洛阳城延伸至罗马帝国，自此，这条连接亚欧大陆的古代东西方文明的交会之路，越走越远，越走越宽。

直到两千多年后的今天，这条路更加焕发出青春的光彩，"一带一路"倡议沿途的49个国家，似星辰，如明珠，散发出璀璨的光芒，交相辉映。

万里长途，始于跬步。

大暑节气，火辣辣的太阳下，当我们走在西安古城的街道上，站在西安厚重巍峨的城墙上，徘徊在繁华喧闹的钟鼓楼广场，或者仰望"日宫开万仞，月殿耸千寻"的大雁塔，凝视神奇莫测的兵马俑遗址，于时间的嘀嗒嘀嗒声中，于纷繁往来的古今人事中，于如梦如烟的历史遗迹里，我们仍为那最初的一步而心折，喟叹。

那勇敢无畏的前行精神，那百折而不回的使命感，至今，依然神圣。

画上最后一个句号

在格子纸上，作家路遥一笔一画地写着：为了塑造起挺拔的形象来，这个人的身体现在完全佝偻了。他本来就不是一个体格魁梧的人，在进行了一生紧张忙碌的艺术创造劳动后，加上越来越危急的病情，身板显得更加单薄。整个躯体像燃烧过熊熊火木的树木，变得干枯而焦黑，一切生命的嫩枝绿叶似乎都看不见了。

他写的是《病危中的柳青》，也像是在写他自己。这份手稿静静地躺在陕西文学陈列室内，旁边是陈忠实的手稿《燃烧的生命》和《神秘神圣的文学圣地》，还有贾平凹的《倒流河》。

那一天，走进位于西安市碑林区建国路83号的陕西省作协，世界一下子清凉了。安静的院落，精致的喷水池，始建于20世纪30年代的西式高桂滋公馆，带着深刻的历史印记，似乎也是为了给文学做一次耐人寻味的陪衬。在此地，文学的河流浩浩荡荡，奔涌而来，将我们挟裹。

这些攀登上文学高峰的巨匠无不是在以命相搏。只活了43岁就英年早逝的路遥，他在贫穷和坎坷中尝尽了艰难与寂寞的滋味，他夜以继日，废寝忘食，苦行僧般生活，与命运赛跑。

"写什么？怎么写？第一章，第一自然段，第一句话，第一个字，一切都是神圣的。"动笔写《平凡的世界》之前，他做了大量的准备，因为翻阅资料过多，手指被纸张磨得露出毛细血管，以至于手放在纸上就像放在刀刃上。他就是在刀刃上写作，到煤矿等最基层的生活中去考察、体验，带着病体笔耕不辍，写完鸿篇巨制最后一个字，他把笔从窗口扔了出去，然后走到卫生间的镜子前，看着苍老消瘦的自己，泪流满面。

是的，他如夸父逐日，拼尽了全力，最终倒在干渴的路上。

就在路遥去世的1992年，作家陈忠实把《白鹿原》的手稿交到编辑手中，只说了一句话："我连生命一起交给你们了。"

为了写这部长篇，他回到灞河边的祖居老屋，在膝盖上写作，在斑驳的小圆桌上写作，在孤寂中与生活在渭河流域的芸芸众生对话，与天地神明沟通，探寻这块土地的历史和现实的文化对人的心理结构的塑造，思考民族的历史和命运。对他而言，写作是最孤苦伶仃也是最诚实的劳动。

他说，《白鹿原》写作过程中，最难以忘记的是画上最后一个句号时的感觉，我似乎从一个悠长的隧道里摸着爬着走出来，刚走到洞口看见光亮时，竟然有一种忍受不住光明刺激的晕眩。这是真实的。

那一天，在他曾经工作过的地方，我们仿佛又看到他瘦削的布满皱纹的脸庞，深邃的眼眶里盛满仁爱和慈悲，他转身离去，留给这个世界干净倔强的背影。

那个小小的院子，立着一块文化石，上面有他的手书：文学依然神圣。

回到精神的源头

车在黄土高原上奔驰，一路向北，回延安。

天空蓝得透明，大朵大朵的白云似在飞，我们的心情也在飞。

是的，无论是第一次到延安去，还是去了很多次，每一次都像是回去，回到一个向往已久的精神家园，一个温暖的无比神圣的家园。

20世纪30年代抗日战争爆发前后，延安成为知识青年向往的革命圣地，大批沦陷区和大后方的进步青年和文化人奔赴延安，那时，他们的心情应该是更为激动和兴奋吧。

想象着1936年底，作家丁玲伏在高高的马背上，在寒风中的黄土高原上奔驰。出发前一日，她才学会骑马，此后两天，她紧抓缰绳，以一颗好胜之心和满腔的热情，像战士一样，灰色军装配短发，策马奔赴圣地。

她是第一个到达陕北的女作家，延安为她举办了最高规格的欢迎会。晚年的丁玲回忆起那一天的情景，，写下这样的文字：这是我有生以来，也是一生中最幸福最光荣的时刻吧，我是那样无所顾忌、欢乐满怀地第一次在那么多的领导同志面前讲话。我讲了在南京的一段生活，就像从远方回到家里的一个孩子，在向父亲母亲那样亲昵地喋喋不休地饶舌。

此后不久，在随军经甘肃赴三原途中，她收到一份电报，电文是一首词《临江仙·给丁玲同志》：

壁上红旗飘落照，西风漫卷孤城。保安人物一时新。洞中开宴会，招待出牢人。

纤笔一枝谁与似？三千毛瑟精兵。阵图开向陇山东。昨天文小姐，今日武将军。

毛泽东同志的这首词，给了丁玲更大的鼓舞和力量。她要走到人民中间去，到火热的生活中去，要写出更多贴近老百姓的好作品。从《万队长》《田保霖》到《我在霞村的时候》，到反映农村巨大变革的长篇小说《太阳照在桑干河上》，她用笔开疆拓土，写出一个崭新的天地。

在延安城东北5公里的桥儿沟，站在鲁迅艺术文学院的旧址，在那座哥特式风格的天主教堂前，在挂着铜铃的操场边，仿佛看到茅盾《记鲁迅艺术文学院》中曾写到的：在教堂四周的大树荫下，你可以时时看见有些男女把一只简陋的木凳侧卧过来，靠着树干，作为一种所谓"延安作风"的躺椅，逍遥自得地在那里阅读；仿佛目睹《黄河大合唱》《兄妹开荒》《延安颂》《白毛女》《王贵与李香香》等火热的歌唱和演出场景，看到一种民族的精神在飘扬。

在修缮过的窑洞里，欣赏"延安鲁艺美术回顾展"，有胡一川、罗工柳、彦涵、古元、马达、力群等的经典木刻版画作品，也有华君武等的漫画作品，还有油画、年画、雕塑等。扑面而来的是热气腾腾的生活和革命场景，"推磨""扬场""耕地""冬学""饮水"等，那么鲜活生动，传递着心灵的温度和艺术的力量，所以宝塔山仍在，延水河绵长，我们轻易地就能穿越时空，回到红色血脉的源头。

在源头，我们听到一个声音说：有出息的文学家艺术家，必须到群众中去，必须长期地无条件地全心全意地到工农兵群众中去，到火热的斗争中去，到唯一的最广大最丰富的源泉中去。

那是1942年，延安文艺座谈会后，"鲁艺"人走出了象牙塔，投身火热的现实生活，从民间文艺、陕北民歌中汲取营养，丰富自己的创作，涌现出大量接地气的优秀作品。后来，当年的鲁艺师生从陕北窑洞走向了全国各地，一团火化作满天星，成为共和国文化艺术界的栋梁。

76年后，当我们回到延安，感悟延安精神，依然仿佛经历了一场神圣的洗礼。

（原载《河南日报》2018年8月29日）

烈焰、花朵与星空

一

赴刑场的途中，她还在引吭高歌。

唔（不）怕死来唔怕生，
天大事情妹敢当；
一心革命为穷人，
阿妹敢去上刀山。
打起红旗呼呼响，
工农红军有力量；
共产党万年坐天下，
反动派终归没久长。
…………

她叫张锦辉，小小的身体里澎湃着革命的热情和坚定的信念。

在闽西革命烈士纪念馆看到她时，她已经被定格在一幅油画里。明明是在阴森潮湿的黑牢，严刑拷打过后，十指被钢针扎伤，胸部被铁丝穿透；明明疼得全身冒汗，几次昏死过去又被冷水浇醒，小小的她却咬紧牙关，誓死不屈；明明脸色那么苍白，眼睛里却闪烁着光，心中有一团烈焰，那光芒把牢狱的四壁都照亮了。于是，画面上的她坐在一团橙黄的光晕里，永远明亮，圣洁。

小锦辉天生一副金嗓子，被群众誉为"红色小歌仙"。1929年5月，中国工农红军第四军入闽，在永定县建立苏维埃政权。她剪下辫子，带头参加苏维埃政府宣传队。在支援前线、扩大红军运动中，她与宣传队员们顶烈日、冒严寒，走遍周围村庄，把革命真理送到农民心间。

被敌人抓住的那天晚上，她还在西洋坪村为村民演唱《救穷歌》。星空下，在二胡的伴奏下，她清脆的歌声随晚风飘得很远。

她就这样一直歌唱着，直到英勇就义那天。歌声一直在汀江两岸，在万山丛中，在贫苦大众的心头回荡。

那一天是1930年农历四月十八，她15岁。

19年后，小锦辉和千千万万革命先烈所赴汤蹈火、所热烈期盼的光明与和平终于到来，五星红旗在新中国蔚蓝的天空高高飘扬。

在龙岩，一路上，看到很多粉红色的山茶花，含苞带露，明艳动人，这让我想到小锦辉，想到闽西大地参加红军的10万儿女，想到这里每一寸土地都镌刻着的可歌可泣的英雄故事。

为什么战旗美如画？英雄的鲜血染红了它。为什么大地春常在？英雄的生命开鲜花。当我们唱起《英雄赞歌》，当春日里，芽苞在枝头绽放嫩绿，花朵在春风中轻轻颤抖，这些永远青春的脸庞，清澈的眼神，坚贞的灵魂就会在我们眼前浮现。他们是否也在轻轻地，和着节拍歌唱？

二

它是站在海岸遥望海中已经看得见桅杆尖头了的一只航船，它是立于高山之巅远看东方已见光芒四射、喷薄欲出的一轮朝日，它是躁动于母腹中的快要成熟了的一个婴儿。

这是一封题为《时局估量和红军行动问题》的长信的结尾部分，后来，被改名为《星星之火，可以燎原》。

那是1930年1月5日，古田会议刚刚结束，毛泽东同志重新当选为红四军前委书记。在他心中，始终涌动着一股大无畏的豪情，始终对中国革命的前途充满信心。针对当时党内的部分同志对革命前途、根据地建设等问题的悲观情绪，他提笔撰文，以诗一般的语言和激情描绘了一幅令人鼓舞的前景，明确提出中国革命要走农村包围城市、武装夺取政权的道路。

位于上杭县古田镇赖坊村的"协成店"，砖木结构的两层小楼，阳光透过窗格，洒落在东厢房。就是在这里，在这间面积不足5平方米的卧房里，在黑漆已然斑驳的木桌椅上，风华正茂、目光炯炯的他冒着严寒，在煤油灯下，写出光辉灿烂的篇章。

距此处不过数百米的距离，就是古田会议会址。采眉岭笔架山下，一片开阔的田野上，有一幢坐东朝西的祠堂。原为廖氏宗祠，又称万源祠。始建于1848年，为单层歇山四合院式建筑。大门的门楣上刻着四个字：北郭清风。据说，这被古田廖氏称为祖先的"北郭"，姓廖名扶，是东汉汝南郡平舆人。这位北郭先生熟读诸子百家经典，精通天文地理，曾在中原家乡设席讲学，门下弟子有数百人。他一生布衣芒鞋，粗茶淡饭，带着弟子行善四乡八邻。他的儿孙辈亦学习他的风范。

千年后，民国初年，廖氏后人在此地创办第一所新型小学——和声小学。红军进入闽西后，将和声小学改名为曙光小学。

1929年12月28日至29日，就在此地，因确立思想建党、政治建军的原则而彪炳史册的古田会议胜利召开，革命的曙光就在眼前。

今天，走进雕梁画栋的祠堂，看到墙上的挂钟永远停驻在那颇具历史意义的一刻，仿佛目睹衣衫单薄的红军代表烤火取暖，燃烧的篝火和心中那团炽热互相映照；走在古田会议广场，在红军阅兵场，在饮水井和荷花池边，遥想当年的盛景，依然感受到一种强大的穿越时空的精神力量。

就是这精神的、思想的、文化的光芒，指引着中国共产党，在血与火的考验中，不断走向胜利，最终迎来一个崭新的中国。

三

汀州罗汉岭下，草地绿如故。

当年，三十六岁的瞿秋白看着这里，笑言：此地很好！然后盘腿而坐，静等枪声响起，从容就义。

本是一个擅长绘画，作诗，篆刻，吹箫，唱昆曲的柔弱书生，怀抱"辟一条光明的路"之决心，远赴苏俄，寻求解救国家和民众于苦难之中的"火种"，著述翻译，传播真理，成为坚定的马克思主义者。

博学多才的他留下800余篇文章，500多万字的著作和译文，在政治、哲学、文学、史学、翻译等领域都有贡献；他与革命伴侣杨之华的爱情传奇，他和鲁迅先生"人生得一知己足矣"的深厚友情，留下的是一段段佳话。被捕入狱后，面对威逼利诱，坚贞不屈的同时，写下剖析自我的《多余的话》，留下的又是一份坦然面对灵魂的勇气。

蓝天白云下，青松翠柏间，瞿秋白烈士纪念碑静静矗立。

秋白有知，他和同辈所寻求的光明和美好，早已实现。

就在瞿秋白烈士纪念碑旁边，是杨成武将军广场。

这位身经百战的革命将领，智勇双全，能征善战。长征中率部夺取泸定桥，翻雪山过草地，突破天险腊子口；抗日战争中，参加平型关大捷和百团大战，指挥著名的黄土岭战斗；解放战争中，指挥绥远战役，参加平津战役等；新中国成立后，他参加抗美援朝，中印边境自卫反击战等，1955年被授予上将军衔，获颁中国人民解放军一级八一勋章、一级独立自由勋章、一级解放勋章。

在杨成武将军纪念馆，看到这三个金灿灿的勋章，读着杨成武将军手书的诗歌，"红军英雄汉，飞步碎冰雪""火把照征途，飞兵夺泸定"，顿觉豪气满怀。

那天晚上，朗朗星空下，踩着鹅卵石铺就的路面，沿着悠长古朴的乌石巷，走进建于唐朝大历年间的云骧阁，如今也叫瞿秋白文学院。在古色古香的室内，与汀州作协、文学院的作家们，共话当地的历史与文化。

谈到汀州试院里蓊郁挺拔的唐代双柏，和从唐代大历年间修建，保留至今的汀州古城墙；谈到新西兰友人路易·艾黎走遍中国山山水水后，发出的赞美：中国有两个最美的山城，一个是湖南的凤凰，一个是福建的长汀。

谈到汀州被誉为"客家首府"。自汉末至东晋，中原汉人"衣冠南渡"；到唐朝，相当数量的客家先民进入汀江流域，继而设置汀州；到宋元，随着汀江航运的繁荣，汀州成为闽西政治、经济、文化中心，更成为客家人精神的家园。

作为中原人，我不禁想，那一刻，坐在身旁的汀州客家人，是否就是我千年前失散的乡亲？

而就在云骧阁，这座千年前的藏书楼，如今被称为"最书香古书院"的地方，90年前，闽西第一个县级红色政权——长汀县革命委员会成立。那也是一个3月，春草碧色，春水绿波，春花似火。很快，武夷山下，将出现"风展红旗如画"的盛景；而不用等太久，就将看到"虎踞龙盘今胜昔，天翻地覆慨而慷"的辉煌。

历史沧桑，革命者高举的火把，早已化作满天星，闪烁在新中国的天空。

（原载《河南日报》2019年3月20日）

静水深流

一

天地静寂，听不到一丝喧哗，只有风掠过面颊，拂过衣袖，在山水间任意飘荡。

阳光穿行在云层间，天空的模样瞬息变换，时而阴云密布，时而白云微开，时而蓝天清透，光芒万丈。

随着云朵的聚散，河流呈现出不同的色泽，或冷峻、清凉，或柔和、朴素，或温暖、绚烂。

你的心情也随之飘忽不定，时而忍不住奔跑着，手舞足蹈大声喊叫：乾坤湾，我来了！那声音随之消散，消散在茫茫群山，消散在浑厚的黄土层，消失在晋陕大峡谷间，消散在华夏数千年文明史中，继而生出一种深深的寂寥，无边的空旷与苍凉。

时而想静静地凭栏远眺，或稳稳地坐在岸边高高的岩石

　　　　　　　　　　　　　心田种字

上，看那黄河之水自天上来，奔流咆哮至山西永和县，没有浊浪翻滚，没有震耳涛声，在巨大的 S 形大弯里，变得温柔、优雅、娴静，你第一次觉得它如此贴近你的内心。它呈现出最慈悲、最宽厚的样子，等你来，等你们来，等每一个风尘仆仆的行者，在它身边坐下来，放飞思绪，放空内心，感受一份亘古的静默。

乾坤湾！乾为天，坤为地，乾坤之间，万物化生。

你看，眼前正是永和乾坤湾七道湾中的仙人湾，黄河在此绕了个320度的大弯。山环抱着水，水依凭着山；水中有深绿的山，山中有浅碧的水；山沿水立，水随山转，山水交融，水山相映。这一动一静，一刚一柔，一阴一阳，怎不就是一幅天长日永、和谐相生的仙境般的画卷呢？而置身其中，久久地盘桓，凝视，感受肉体的消失，灵魂的飞升，轻盈似一片嫩叶，如一滴清水，真个飘然欲仙了！

二

在永和黄河国家地质公园博物馆里，看到那些黄土，装在高高的圆柱形透明瓶子里。依次看过去：黑垆土型古土壤，灰黑色，富含有机质；褐色土型古土壤，浅棕褐色，棱柱状；棕壤型古土壤，深红棕色，带着斑膜和钙质结核层；马兰黄土，淡灰黄色，多粉沙状；离石黄土，分上下两层；午城黄土，红黄色，细密坚实……

这是第一次，知道何谓黄土，黄土的成因，黄土地层划分与气候旋回，黄土高原的形成和地貌演变，黄土里原来蕴藏着如此多的秘密。

也是第一次知道，自百万年前，到10多万年前，和黄河孕育生长，形成海洋水系的同时，黄土高原开始隆起，并逐渐进入塬、墚、峁的地貌演变。

有了黄河，黄土才孕育出绵长绚烂的华夏文明，这是每个中国人的根魂所系。

看着挂在墙上的永和黄河蛇曲地貌卫星影像图，那一条辽远、神秘的大蜿蜒，你忽然觉得，乾坤的奥义，生命的奥秘，都潜藏于此。这一个个大转弯，彰显着世间万事万物的曲折、变化、流动特征，说尽了复杂，也道出了至简，像是某种启示，等待着你心领神会。

三

灿烂的阳光下，我们轮流伸出手，耐心等待着，那一滴水，顺着他右手的中指滴下来，滴到我们的掌心。

我们如获至宝般欢喜。因为那是在红军东征永和纪念馆，是在毛主席的塑像前。那一刻，我们愿意以最纯真的心去相信，这是机缘，是奇迹。

密云遮星光，

万山乱纵横，

黄河上渡过民族英雄们，

摩拳擦掌杀气高，

我们铁的红军。

默念着陆定一作词的《红军东征歌》，隔着80多载岁月，依然能想见1936年的初春，英勇的红军战士趁着黑夜，冲破敌人防线，乘小木船、羊皮筏强渡黄河的壮举。

那时，红军所面临的形势是多么的复杂、危难。中国工农红军红一方面军刚刚经过二万五千里长征，克服无数艰难险阻，胜利到达陕北。但是，陕甘苏区的红军又面临新的困难和挑战，军事上，遭遇多方"追剿"；经济上，面临诸多困境。是瓦窑堡会议，确定了"抗日民族统一战线"方针，并最终形成了红军东征的战略抉择。

1936年，毛泽东同志率红军东征，曾两次进驻永和县，在永和生活、战斗了13个日日夜夜，并将"渡河东征、抗日反蒋"的方针，改变为"回师西渡、逼蒋抗日"的策略，壮大了革命力量，促进了抗日民族统一战线的形成，在关键时刻扭转了中国革命的乾坤。

每走一步，都似在探险。是靠着心怀天下的大智慧、大果敢，靠着为人民谋幸福的大担当、大热爱，中国共产党率领红军一步步走出困境，走向胜利，走向光明。

走进毛泽东等老一辈无产阶级革命家当年住过的窑洞，

看到他们用过的墨盒、蜡台、马灯、茶杯等物品，听到他们留下的红军井、忠义柏的传奇，以及一个个洋溢着革命乐观主义精神的故事，这一切，都长久地诉说着历史的风云变幻和伟人的英明睿智。

四

又一次听加天山先生唱起那首《美好的日子》，在临别的那晚。听着那浑厚中带着清亮的歌唱，那带着山西味儿的朴实口音，不知为什么，总想流泪。

> 跨过了坎坷，翻过了贫瘠，今天是你们大喜的日子，请好好珍惜。
> 盼来了和风，祈来了春雨，今天是你们大喜的日子，请好好珍惜。
> 好好孝敬自己的爹娘，善待那姐妹兄弟。好好打理你们的果园，还有那山坡坡、山坡坡地。
> 美好的日子，刚刚开始，祝福你们相亲相爱，朝朝夕夕。
> 春天槐花开，秋天枣儿红，好时代都是好年好月，人人好福气。

这是他写的歌词。那一天，他本来要去太原参加全省扶贫攻坚会议，途中得知奇奇里村大龄村民冯文忠娶上了媳妇，于是绕道去祝福这对新人。参加完婚礼，已是深夜。离开山村，他心潮难平，在车上写下这首歌。

他并非专业歌手，只是因为对这片土地倾注了深情，所以那歌声中有着格外动人的力量。

怎么能不动情呢？

当看到花儿坡的黄土里忽然冒出孤零零的一棵小小的槐树，那般细嫩，却开出满枝丫的槐花，你忍不住坐下来，看着它，想弄明白这奇迹是怎么发生的。正如你看到那位年逾古稀的冯治水老人，他用大半生的时间在黄土坡上植绿，写诗。他看起来那么平凡、普通，坚韧和诗意究竟是从哪里来的呢？

当在山方里村的清代古村落院子里，看到一棵五加皮树，从窑洞前的石阶上长出来，弯弯绕绕，自镂空的窗格里钻进去，再从墙缝里钻出来，倒挂着郁郁葱葱的叶子，你会感悟到时间的力量，它带走一个个窑洞主人，带走悲欢离合，带走光鲜留下残败，只有石头依旧，黄土依旧，青山依旧，绿树依旧。

当你在高原之巅，伸手似乎就能触到云朵的地方，眺望那一层层壮丽的梯田，看曾经的穷山恶水在当地老百姓的手中，如何变成了青山绿水，看那曾经的贫瘠如何成为眼前的富裕和美好，你又忍不住想大声喊叫，喊出自豪，喊出热爱，喊出最美的颂词！

你知道一切都不容易，如黄土的形成，如黄河的孕育，如天地万物的生长，如新中国的成立，要经历多少磨难，多少困苦，多少挫败，多少次从头再来，多少次迂回曲折，才能成就今天的和平，发展，辉煌！

这时，你想成为一捧黄土，一棵绿树，成为歌声中的一个音符，你想停下来不走了。就这样，和此地春天的槐花、秋天的红枣一起，安安静静，永永远远，融入大美山河！

（原载《河南日报》2019年7月10日）

　　　　　　　　　　　　　　　　　　　　心田种字

头戴格桑花的女人

你一定觉得一个女人头戴格桑花是在彰显美丽，清新又妩媚。你不曾想到，她是在隐藏自己，又或是摇摆不定。

记忆中，那一日，天和地，山与海，都是灰蓝色的，环着洱海，人像在梦里游。我把手伸出车窗，心情临风起舞。一片片紫红色的格桑花在眼前划过，我想停下来，就坐在花丛中，任时间流逝。

另一日，向高原走，天气阴晴不定，云朵时散时聚。接近中甸，阳光忽然清亮地洒下来，我们的周身一片澄明。蹲下来拍照，终于把脚下的格桑花拥在怀里。身后，是深阔的峡谷，绚丽的梯田。

从未想过，那些路过的风景可以长久地拥有。直到这个盛夏，走进陈家沟。雨后的阳光愈加炽热，那些细长的茎，单瓣的花，簇拥着，格桑花的海洋瞬间就淹没了我。

怔怔地，回不过神来。似乎闻到一种细细幽幽的香，从土地深处升腾。我想径直向深处再深处走去，直到变成无名的紫花。

她站在花田旁的葡萄架下，一身黑衣，红鞋，细长的眼睛，微笑着招呼我们。

格桑花是她带来的，年初，撒下了花籽，一点点看着它们在太极之乡的土地上萌生。她知道这些花儿顽强的生命力，耐得高寒，在丰润的黄土地，会很快适应，会更加自在。

花儿们似懂得她的梦，只是静静地，温柔陪伴。

她竟亲自下厨，在简陋的厨房里切切炒炒，很快，新鲜采摘的蔬果便化作色香味俱全的菜肴。那独家秘制的大棒骨和着浓香的酱汁，瞬间就征服了我们。还有木槿花炒鸡蛋，清爽滑嫩，怎么也吃不够。

后来才知道，吃饭的餐桌既是他们的乒乓球台，也是办公桌和休息的地方。板房的墙上，挂着梦想的蓝图。

我知道，那是我们很多人向往的田园生活。依山傍水，比邻而居，或种菜看花，写字打拳，或品茶论道，琴声相和。

都梦想陶渊明般的"采菊东篱下，悠然见南山"，但若真回到老家，或去了终南山，总是也待不住，没有想象般美好。

那天，夕阳里，看到另一个叫吕萍的女子，一袭白衣，草帽上点缀着一朵橙色的花。

她采摘木槿，木槿迫不及待地跳到她的提篮里；她站在格桑花丛中，花儿像她的侍女。在花海中的竹亭茅庐里，她弹奏古琴，又似在画中。

　　　　　　　　　　　　　　　　　　　　心田种字

最初弹的是成公亮的《流水》，水流潺潺，却时有停滞，仿佛被某个块垒阻断了。

梓木做的古琴，静静等着。等诗书画印俱佳的陈逸墨先生纵情弹奏《欸乃一声山水绿》，等"太极双剑女皇"陈桂珍展现刚柔相济的拳法，等陈氏太极拳第十一代传人陈立法表演形意结合的招式，等一阵清雨骤然而至，飘然离去，

风吹林梢，世界清凉。

她把古琴抱在身边，轻轻抚摸。终于说，我再弹奏一曲。《乌夜啼》，手指下的吟猱余韵、细微悠长，让我想起"机中织锦秦川女，碧纱如烟隔窗语"的画面，又似有"重门不锁相思梦，随意绕天涯"的心境。

一曲终了，人琴俱静。

不曾想到，在离郑州不过一小时车程的陈家沟东沟，会有这样的大美。像是一脚踏进了梦里，又似一个转身，回到了儿时的家园。

如此熟悉，如此陌生。

正午的阳光透过参天大树洒落下来，蝉鸣悠悠。荇草染绿了池塘，宛若高山上的一面湖水，平静如镜，不染尘埃。几棵柳树生于水中央，柔美亦清扬，仿佛存在千年。

今夕何夕，入此世外仙境。

在砖砌的圆形练拳台上，站过"太极师祖"陈王廷。三百多年，无数人来来去去，都循着他留下的招式。

我听到自己深长的呼吸声，下意识地伸展肢体，摆出了

素日练习的瑜伽动作。

那一刻，心外无物。

到太极文化广场，走过"招熟""懂劲""神明"三道门，代表太极拳的三重境界。

进入太极文化博物馆，一个更久远博大的文化历史呈现在面前，让人几乎无法移步。

这样的不期而遇并非偶然，因为有相似的气场，或早或晚，或快或慢，都会遇到。而因为心意相通，相逢的人还会再相逢。

我想起，曾经的自己，每每想走到格桑花的深处去，是想把自己隐藏起来。其实，我知道自己无处可藏。在遮蔽与彰显之间，我们都过得很吃力。

告别的时候，只有留下来的这个女子很潇洒。她说，记得啊，在农村有个熟人挺不错的。她学会了地道的温县方言，她听着喜欢的昆曲打起了太极拳，她觉得自己可以先成为一个地道的农妇。

她不是戴花的女子，可我总觉得她顶着一枝格桑花，或者说她本身就是一枝格桑花，不声不响就掌握了阴阳相生的奥秘。

（原载《羊城晚报》2019年8月14日）

消逝和永驻的那一抹红

一

我以为红叶会一直在那里等我们。循着阳光的足迹上山，每一片红叶都闪闪发亮，清澈明晰的脉络，像是温热的手掌，袒露着一生的秘密；振翅欲飞的样子，又像是跳动的心脏，回应着纯真的爱恋。

那是霜降后的第一天，我和玉梅姐、晓青站在竹林镇长寿山山顶，俯瞰漫山遍野的红叶，想起元代白朴《天净沙·秋》中的句子"青山绿水，白草红叶黄花"，忍不住欢喜雀跃。身边一树树黄栌叶，饱满莹润的面颊，映衬着游客惬意的神情，那时没有"飞云过尽，归鸿无信"的惆怅，没有"诗成自写红叶，和恨寄东流"的情愫，有的只是这样一份"雁啼红叶天，人醉黄花地"的沉醉和喜悦。

陪我们上山的是一位叫春花的中年女子。她亲身参与了长寿山景区的建设。每一棵树是怎样移栽过来的，每一级石阶是怎样铺就的，每一个景点包括风情古镇、五连池水系景观、玻璃天桥、红叶长廊、杏树岭、梅花谷等是怎么建起来的，她都如数家珍，一脸的自豪。即使听她说自己因为身体原因不再担任景区旅游公司总经理的职务时，那语气也是坦然自在的，没有矫饰，没有哀怨，仿佛这满山的红叶，燃烧时尽情燃烧，凋落时自然凋落。

在龙龟广场，看到那三棵生长千年的古橿树，才知道这长寿山本名三树岭的由来。《词源》称"橿，古木也"，为古木的活标本。橿树是我国稀有的长寿树种，当地乡亲把古橿看作具有灵性的神奇之树，寄托健康长寿、幸福美满等祝愿。遒劲苍穆的古橿树，在千年的时光隧道里，见证了多少人世沧桑，风云变幻，更目睹了竹林镇这40年来奇迹般的发展。所以，古树不曾老去，它也和此山此水，春花秋叶一起，萌新芽，发新枝，看良辰美景，历峥嵘岁月，度浩荡乾坤。

二

那么热烈的红怎么会消逝呢？

即使时间每分每秒都在嘀嘀嗒嗒地流失，即使天气时阴时晴，光晕和月影都在悄悄地变化，即使风吹枯草，露结为霜，天边雁咽寒声，至少在冬日来临之前，它当成熟丰美，绚丽如画。

　　　　　　　　　　　　　　　心田种字

然而不过十天之后，和三毛部落、君邻会的师友们再上长寿山，当我自信满满，像打开秘密宝盒般，奔向红叶长廊，却一时惊呆，仿佛不识来路。

　　阳光依旧灿烂，地上却簌簌地铺了一层落叶，挂在枝头的红叶已经暗淡，褪色，叶子失去水分，变得干枯，边缘卷起，叶面斑斑点点，像是经历了一场劫难。

　　这样兴味索然地看了一会儿，大家便欲转身返回。我还陷在惊诧、失望等混合的情绪里，一时回不过神来。

　　"霁月难逢，彩云易散"的道理说起来都懂，临到跟前却终是不愿意接受。就像我们身边的那些人，日日看着，总觉得平常，总觉得生活会在我们的点头、微笑、寒暄里一直这样下去，即便发觉了些微的变化，也有意无意地忽略过去。

　　曾经，身边的一位性情谦和的前辈，当看到他因为一点儿不足道的小事而慌乱的表情，我觉察到了他眼神中的异样，但以为一切如旧，并未放在心上，当某天传来他离去的消息，我便是如看红叶褪色般的惊诧；而那么美丽坚强的她，永远阳光，充满朝气的女子，我也曾听她诉说内心深处的不甘和无助，我以为那只是某个时刻的脆弱，我本想做些什么，却在烦琐的事务中忘却，直到她的笑颜化为灰烬，一切无可换回地逝去。

　　叶犹如此，人何以堪！且珍惜眼前的风景，且珍惜眼前的人吧！

三

那么热烈的红不会消逝。

整个秋天，长寿山的游客摩肩接踵。拥挤的人潮中，赵明恩先生高大的身影格外引人注目。

最初是在景区门口，他微笑着打完招呼，就匆匆离去；继而是在透明的玻璃天桥上不期而遇，七十八岁的老先生迈着大步。与我们合影时，稳稳地站定，昂首挺胸，眼神笃定，向远处看去。第二次去，他终于抽出时间坐下来和我们聊天。寥寥数语，朴素有力，勾勒出这些年竹林镇的发展历程。

不知为何，我的眼前总是拂过一抹红。这热烈的红，似乎是一个背煤少年曾经的梦想和暗暗发誓的坚强；似乎是一个三十多岁的年轻人满腔热情的闯劲儿，那身披湿棉被，手套湿棉靴，钻进高温窑搬砖，烫得身上起泡的情景被永远定格在乡亲的记忆中；似乎是一个中年人居安思危，与时俱进，不断为百姓谋福祉，创造出竹林奇迹的睿智和实干精神；又似乎是一个老者带领竹林人引水植树，使一座贫瘠的荒山变成长寿仙境、旅游胜地的远见卓识。

隔着漫长的岁月，即使容颜老去，这如火的激情和赤子般的热忱，从未改变。"凌厉中原，顾盼生姿"，孙荪先生以俊逸潇洒的书法为竹林镇题词，多么恰切！那一天，两位长者握着手，微笑着，眉宇间散发出别样的神采，令我们后辈仰慕不已！

那么热烈的红，它当永驻在人们的心间。我看到李阳辉、张东杰等年轻的80后干部，他们在谈到竹林镇的过去、现在和未来时，那情不自禁的喜悦和自豪。明明那么辛苦，整个"红叶节"期间，他们夜以继日地忙碌着，但依然精气神儿十足，话语间憧憬着明年春天的"山花节"，夏天的"啤酒节"……

年年秋天，红叶会一直在长寿山等我们。

（原载《河南日报·农村版》2019年9月6日）

像我这样的朋友

一

风雨的街头，

招牌能够挂多久？

爱过的老歌，

你能记得的有几首？

交过的朋友，

在你生命中，

知心的人有几个？

20多年前，谭咏麟的这首歌风靡之时，我还在读小学。以小女孩懵懂的心思交友，有时与这个同学亲近，有时又与那个玩得更好。常常有了新朋友，就冷落了老朋友。或许那时，根本就没有什么新旧概念，只是凭着性子亲昵玩耍罢了。

也有过歉疚。比如那个我们在大年初一穿了新衣裳就迫不及待地要见面的邻家女孩，后来有一天我便不再理她，是故意的，因为我有了新朋友。我装作看不见她脸上的失落，甚至摆出炫耀的样子。后来，她辍学打工，再见时，她已经嫁人了，出落成美丽的女子。我们平静地嘘寒问暖，我想道歉，但已经完全不知从何说起了。

　　而那个当时的新朋友，这么多年一直相伴相守。年少时在河边堆过的沙子城堡，唱过的《青苹果乐园》，编织过的只有我们能懂的密码暗号，都在记忆中的某个角落安放着。后来走着相似的路，虽然不在同一个地方，虽然有了很多新的朋友，但彼此仍是那个最温暖的情谊所在。你知道她好好地在那儿，陷在她的生活里，安稳的，琐碎的，忙碌，烦恼且幸福着，你就放心了。不必常相见，甚至也不必很思念。

　　我也曾经穿越大半个城市去寻找一个朋友，按照信封上的地址。此前，她在广东中山工作，写那封信时，她说自己在汉口。我们多年不见，我从武昌匆忙坐上一趟公交车，一个半小时后，到了台北路。反反复复问了很多人，终于找到那个地方，一所民居，门锁着。等了很久，直到夜幕降临，才无奈离开。

　　那时，通话不方便，不像现在，所以现在也不会再做那样的傻事了。

　　当然，傻事对我这样的傻人来说是一箩筐。

　　那一年，到合肥去找一个朋友，我们一起去爬天柱山，要走过一条悬空的索道才能到最高处的平台。那天，雨下得很大，云山雾霭间，四周一片迷蒙。朋友拦着我不让过去，我不听，执意独自走过窄窄的湿滑的索道。很多年后，她一再提起当时的情景，我才知道那一刻她如何为我担惊受怕。她后来移居北京，成为两个孩子的母亲，我们靠朋友圈知道彼此的消息。

二

因为有了朋友圈，如今，看起来似乎是越来越不缺朋友了。

微信朋友圈日益扩大，熟悉的不熟悉的都涌进来，怀着各种各样的想法和心情互相点赞。

好处是那些远在他乡的朋友也能知晓你的消息，也能互相鼓励，给予温暖；好处是那些交往不深的人，你通过看他的分享，有时竟能惊喜地发现彼此精神世界的连接，也许此后依然并没有更多的交集，但仍为身边有这样的同道中人而开心。

弊端便是纷纷扰扰的各色信息，看似热闹，却没多大意思，索性少看，甚至不再刷朋友圈。常常，不免冷落了一些喜欢的师友。但我想，只要是真正的朋友，都不会太介意。

有人索性关了朋友圈，在我的朋友圈里，这样做的大抵是作家们，创作者往往更需要一份纯粹的宁静。我往往只能羡慕并祝福他们。就我自己而言，媒体人的身份让我不得不常常发朋友圈，于是，自己发的时候，拼命看一阵子，点赞

　　　　　　　　　　　　　　　　心田种字

一阵子，像是要弥补自己曾经心不在焉的失误。

想起一个朋友说的话，从没有刻意地忽略，只有特别的关注。

当你对某个人发的信息视而不见，一扫而过的时候，也许并不是对某个人本身有什么成见，恰恰因为他或她此时并不在你的心里，不在你期许的视野范围内。

而当你特别关注某个人的时候，时不时地，你不由自主地点开他或她的头像，去看有没有什么消息，他或她在朋友圈里发了什么，然后迫不及待地回应或点赞。你或许要急着讨好某人，有求于某人，急切地表达感谢、赞赏等；或者只是单纯地惦念、牵挂，想让他或她知道，你在这里，你一直都在。

一位师友从不给别人点赞，他说也从不关心谁给他点赞与否，他大概是到了一定的宠辱不惊的境界了。大部分人还都在点与不点之间徘徊，时惊时喜，浮浮沉沉。

而那些隐藏着自己，很少发朋友圈，但还不停刷屏，窥探别人动向的人，我总觉得像生活的潜伏者，加他们为好友，看起来好像是吃了大亏。但那观看窥探之类，只要不怀抱恶意，终归也太平无事。

毕竟，这琐碎的微不足道的暗涌，也很快会时过境迁。如果有什么留下来，一定还是内心深处的相知、体恤和温暖。

三

谁要在世界上遇到过一次友爱的心，体会过肝胆相照的境界，就是尝到了天上人间的欢乐。

我相信法国作家罗曼·罗兰说的这句话。

那种肝胆相照的朋友，愿你我此生都能拥有，都曾拥有，都会遇见，终将遇见。

即便没有，即便天之涯，地之角，知交半零落，我们还会遇到友爱。有时候，或许只是一种温柔的情感，一种难以言说的善意，也常常会让我们有前行的勇气。

也就是这两三年时间，当朋友圈从两三百人扩大到两三千人，当我有时候会苦恼看不见那些真正想关注的人的信息时，也会收获一些惊喜。因为那些新增的朋友，多是一些读者、作者，在不经意的时刻，会收到他们温暖、鼓励的话语，就是这些话语，常常让我在一个人的时候忍不住落下泪来。

我们终究是平凡人，这血肉之躯，谁不是平凡人呢？

连那些巨人，那位要扼住命运咽喉的贝多芬，也是因为有那一些忠诚的朋友的扶持，给养，比如长期和他通信的韦格勒医生夫妇；也是因为有那一些介于爱与友情之间的温柔感情，长的或短的，支撑着他，让他在孤独痛苦中创造出狂风暴雨，创造出炽热的欢乐，创造出永恒的音符。

愿温柔的情感和智慧的光亮，伴你每一个孤单的时刻。记得最后，还有像我们这样的朋友。

（原载《河南日报》2019年9月8日）

　　　　　　　　　　　　　　　心田种字

学者之道

一

地上湿漉漉的，斜斜的雨丝拂过面颊，阳光却透过树林从远处照射过来，云层后面的天空仍是淡淡的蓝。

四周一片寂静，满眼的青绿与苍翠。只有我和父亲两个人，穿越半个台北城，到南港区，在别样的太阳雨中，去拜谒胡适先生。

沿着石阶步道而上，就看到他的半身铜像了。雕塑家杨英风1963年雕塑的胡适像，着博士服，头略向上仰，微微的笑意，深邃的目光。"谦谦君子，温润如玉"，这词用在他身上多么恰切。也如陈丹青的评价：完全是学者相，完全是君子相。

我和父亲向先生鞠躬，与雕像合影，没有一句多余的话。

墓地就在旁边，简约、素朴而不失庄重。白色廊亭环绕着主墓碑墙，上面有蒋中正的题字：智德兼隆。棺盖上是于右任先生的手迹：中央研究院院长胡适先生暨德配江冬秀夫人墓。右侧安放着小小的"胡祖望先生墓"和"亡弟胡思杜纪念碑"。一家人在经历各自命运的风浪颠簸之后，在此团聚。

墓地前庭的坡道中间，大理石墓志铭上刻着：这个为学术和文化的进步，为思想和言论的自由，为民族的尊荣，为人类的幸福而苦心焦思，敝精劳神以致身死的人现在在这里安息了！我们相信，形骸终要化灭，陵谷也会变易，但现在墓中这位哲人所给予世界的光明，将永远存在。墓志铭由学者毛子水撰文，金石家王壮书写。反反复复读了几遍，觉得甚是恳切，也万分感慨。能给这个世界带来光明，这是对一个人至高的评价。

沿着胡适纪念亭往山后走，竟然看到甲骨学家、古史学家董作宾先生的青铜像和大大的圆形墓冢，比邻的还有物理学家吴大猷的纪念碑，著有《山涛论》的徐高阮的墓等。曲径荫深，更显幽静。隐隐的落寞感也很快释然，对于学者来说，所从事的本就是寂寞的事业，内心所求也无非就是这样的一份宁静吧，即使被遗忘，也仍然安享这绵长无尽的光阴，也仍然保存着完整的自我。

二

走下山坡，看到长长的箴言墙。

胡适的字迹一如他的形象，儒雅神秀。"山风吹乱了窗纸

　　　　　　　　　　　　　　心田种字

上的松痕，吹不散我心头的人影"，他抄写的是多年前的诗句，怀念着那个他曾经深爱却终究辜负的女人曹诚英。

这个传说中悲戚、孤单一生的弱女子，却是我国农学界第一位女教授，先后在安徽大学、复旦大学、沈阳农学院任教，为农业教育和农业发展做出了贡献。后来，她还把一生的积蓄捐献给家乡绩溪旺川村，资助当地办学，修建桥梁等。

作为学者，她走过了怎样的道路？那曲折、寂寞的道路上，留下了太多凄婉、痴情的诗词，留下了令人唏嘘慨叹的悲欢故事，更应当留下她勤奋、执着、倔强的身影。沿着这样的学者之路，她走向博大、平和、慈善，完成她梅花般清寒孑然的命运。

而胡适，如李敖在《胡适评传》书前楔子里写的："作为一个时代里的人，胡适有他的刀山火海，有他的八十一难，有他的心力交瘁的苦炼。"他的荣誉与耻辱，他的诚恳与虚伪，他的开明与狭隘，谦和与跋扈，勇敢与懦弱，成功与失败，都要接受眼泪的覆盖，笑声的淹没，历史的评判。

三

"做学问要在不疑处有疑，要在有疑处不疑。"

"大胆的假设，小心的求证。"

"要怎么收获，先那么栽。"

在胡适公园的箴言墙上，在位于"中央"研究院内的胡适纪念馆里，都能看到胡适手书的句子。它们是胡适作为一个学者毕生坚持的原则，至今读来，仍掷地有声，仍是今后学者必要的遵循。

想来，半部《中国哲学史大纲》，他突破千百年来传统的标准、规范，在传统哲学步入现代的进程中，他是开创者、第一人；他1917年发表在《新青年》上的《文学改良刍议》，在提倡白话文的文学革命中，是开路先锋；他的白话诗集《尝试集》，戏剧《终身大事》，翻译的西方短篇小说，撰写的《白话文学史》等，均对后来的文学创作影响深远。

"宁鸣而死，不默而生"，这句话是他一生的写照。他追求民主、法制、自由、人权，他以"实验主义"精神循序渐进，以耐心和谨慎发现问题、改善现实。难得的是他天性中充满了阳光和微笑。他说，人生在于奋斗，即使在潦倒的窘境，也要对前途有起码的乐观和自信。一步一步都可以踌躇满志，把每种进步都看成巨大的希望。

特别喜欢他的这段话："我们要收将来的善果，必须努力种现在的新因。一粒一粒的种，必有满仓满屋的收成，这是我们今日应该有的信心。我们要深信：今日的失败，都由于过去的不努力。我们要深信：今日的努力，必定有将来的大收成。佛典里有一句话：福不唐捐。唐捐就是白白的丢了。我们也应该说：功不唐捐！没有一点努力是会白白的丢了的。在我们看不见想不到的时候，在我们看不见想不到的方向，你瞧！你下的种子早已生根发芽开花结果了！"

　　　　　　　　　　　　　　　　　　　心田种字

关于人生感悟，他抄写南宋诗人杨万里的诗句送给朋友，"万山不许一溪奔，拦得溪声日夜喧。到得前头山脚尽，堂堂溪水出前村"；他以顾炎武的诗句自勉，"远路不须愁日暮，老年终自望河清"。从安徽绩溪，到上海求学，再到美国留学，后来任教北京大学，再赴美担任大使，经历种种，最后到中国台湾"中央"研究院担任院长，直至去世。也许，二十岁时，当他的名字由胡洪骍改名胡适的那一刻起，就注定了他在这个世界上某种程度的顺风顺水。

他留学美国，深受现代文明生活的洗礼与现代学术体制的训练，思言所至，往往开风气之先。在传统思想和"再造文明"的可能之间，他游刃有余；他一生获得33个荣誉博士学位，可谓誉满天下；他交友广泛，毕生奖掖后进，资助提携林语堂、吴晗、罗尔纲、周汝昌、沈从文、季羡林、陈之藩、李敖等一众才子，也资助最普通的贩夫走卒。因为仗义疏财，"我的朋友胡适之"成为流行一时的称呼。他说："我知道我借出的钱总是一本万利，永远有利息在人间。"他有这样澄明的境界和开阔的心胸；他宽容待人，面对攻击者谩骂者也是如此，永远温文尔雅，心平气和。温和而坚定，自由且悲悯——真正的君子就是如此吧。

四

在胡适纪念馆里，看到他的书信、手稿、照片，用过的笔墨、印章，大量的生活用品、衣物等，他的音容笑貌宛在眼前。

这位君子在时代的天空上如星辰般熠熠生辉之时，他也实在为这种"适"付出了代价。正如季羡林先生在回忆文章中所写：适之先生以青年暴得大名，誉满士林。我觉得，他一生处在一个矛盾中，一个怪圈中：一方面是学术研究，一方面是政治活动和社会活动。他一生忙忙碌碌，倥偬奔波，作为一个"过河卒子"，勇往直前。我不知道，他自己是否意识到身陷怪圈。当局者迷，旁观者清。我认为，这个怪圈确实存在，而且十分严重。那么，我对这个问题有什么看法呢？我觉得，不管适之先生自己如何定位，他一生毕竟是一个书生，说不好听一点，就是一个书呆子。我举一件小事。有一次，在北京图书馆开评议会，会议开始时，适之先生匆匆赶到，首先声明，还有一个重要会议，他要提前退席。会议开着开着就走了题，有人忽然谈到《水经注》。一听到《水经注》，适之先生立即精神抖擞，眉飞色舞，口若悬河。一直到散会，他也没有退席，而且兴致极高，大有挑灯夜战之势。从这样一个小例子中不也可以小中见大吗？

在根本上，他就是一个书生。一生忙忙碌碌，在面对政治和强权、独裁时，态度和作为都是书生的坚持，往往徒劳无功，最终留下的还是一个学者、一个知识分子的"不畏浮云遮望眼"。

在纪念馆后面，他担任"中央"研究院院长，居住了五年的住宅内，看到朴素的陈设，窄小的仅容一张单人床的卧室，简陋的卫生间等。最显眼的还是餐桌旁和书房的书柜里摆得满满的历史、哲学书籍。

五

一路上，父亲和我交流很少，大多时候都沉默着。我们各自感慨、思索。

我想起多年前，我没有继续攻读博士，选择了工作时，他失望的叹息。也许那时，我还不能真正理解他的某些坚持。他并非不期望我们多挣钱、收获名利，只是在他的内心深处，更看重学问。他们那代人错失了求学机遇，他希望我们能珍惜。

可惜，我不曾珍惜。我在游移不定中，终于偏离了他预想的轨道。

然后，十多年的时间一晃而过，从生活中得了什么，又失去了什么，终究只是蹉跎。

也许只有在这个时候，当我慢慢悟到一些，又试图捡拾一些的时候，我们来到此地，走一走"学者之道"，才真正懂得个中滋味。

在时代的潮水中，没有人是一座孤岛，不影响潮水或不受潮水侵蚀。性情使然，选择使然，或是命运使然。无论如何，但愿我们都能真正抱持胡适说的"性之所近而力之所能勉"的态度，做我们适合做的，擅长做的，然后矢志不渝。

终究，学者之道曲折，学术、思想、文字绵延，光明和希望永在。

（原载《莽原》2019年第6期）

心田种字

绣球花的夏天

一

那个西班牙男子，从三楼下来，站在我们刚刚布置好的房间门口，微笑着打招呼，一脸欣赏的样子，大大方方地对我说：You are beautiful! 我也好心情地回答：Thank you!

那一瞬间，忽然想起三毛的荷西。

只是，这里并非西班牙，也非撒哈拉。这里是日本，镰仓。

他是二房东，我们是刚刚搬进来的旅行者。

小小的院落，陡斜的楼梯。二楼两个小小的房间，里面是榻榻米大通铺，外间是客厅，厨房。转个身都觉得局促，但设施齐全，用起来又格外顺手。

吃了几天的寿司料理，父亲的中国胃早已承受不住。他迫不及待地煮粥，炒菜。跑累了的孩子们坐着玩手机，我和姐姐忙着收拾行李。

那时的情景很像一个日常的家庭生活状态，像是上演了无数次的场景。我们是在这里生活很久了吗？我一时恍惚。想起日本导演小津安二郎的电影。

　　电影《晚春》的故事就发生在镰仓。镜头是那样隽永、悠长，那些日常的情景竟然生出永恒的感觉。女儿依恋着父亲，在父亲身边如欢快流淌的小溪，自由自在。当同学好友相继结婚生子甚至离婚，她却依然故我。她担心什么呢，她惧怕什么呢，她固执地坚守着眼前的生活状态，拒绝可能的幸福。也许任何一个男子都比不上父亲对她的纵容、关爱与呵护。

　　后来，在父亲谎称自己要续弦时，女儿才同意相亲。终于出嫁，笑靥如花，然后泪眼蒙眬。父亲则独自回到空寂的住处，拿起一个苹果，慢慢地削。平静，不动声色，内里却是汹涌澎湃。

　　谁不是这样呢？谁不曾这样呢？那年四十六岁的小津对人生、人性的理解是这样透彻。

　　"透彻"一词是导演侯孝贤对《晚春》的评价。那些简单的画面，那些节制到极致的台词，那些葱绿的山峦，寂静的寺庙，鳞次栉比的房舍，线缆纵横的车站，空旷悠远的海滩，如此空灵，干净，澄澈。

　　二战后的镰仓，历经沧桑归于平静。这样的时候，当人们都在捕捉社会的变化时，当艺术家们努力展现社会的严峻现实时，小津关注的依然是这些日常的情景。

　　人情的浓淡冷暖，心与心的远近亲疏，这些东西都没有

　　　　　　　　　　　　　　　　心田种字

变，也不会改变。

电影最后一个画面是镰仓的海，波浪翻涌。

二

那天，我们走过长长的参天古木掩隐下的幽静的石径，到镰仓文学馆。西洋风格的两层楼建筑，据说前身为元侯爵前田利嗣的别墅，后由前田家出面捐赠给镰仓市政府，以文学馆的名义于1985年开馆。当日参观者很少，我们慢慢地观展。在一楼，竟然看到作家川端康成的《伊豆的舞女》《雪国》，夏目漱石的《门》等作品的手稿原件，还有一些曾经用过的物品等。

那时，才知道川端康成1935年就搬到了镰仓，到1972年去世，最主要的作品，都在镰仓完成。他甚至于1945年在镰仓开了一家出租书店"镰仓文库"，并发展为出版机构。直到5年后倒闭。

镰仓为什么会有这么大的吸引力？

我承认，我迷恋这座海滨小城。长长的湘南海岸线，还未到镰仓，透过车窗一路看碧蓝的大海，湛蓝的天空，大朵大朵洁白的云，像极了宫崎骏动画片中的场景。那一刻，我想到，很多时候，也许不需要我们有多么强的想象力，大自然带来的奇迹超过一切想象。我们需要的只是静下心来阅读，观察，参悟，如此而已。这里的海并不绚烂、夺目，那种蓝仿佛掺了一点白色，一点银色，一点亮光，明明那么近，却给你很辽远的感觉，把你的心也带走了，带到很远的天际。

你沿着街道走，看一座座小小的院落，两层楼的民居，那么干净明亮，经过主人精心的设计和打磨，再经过岁月之手的抚摸，呈现出美妙舒适的光泽。

那一间间小小的店铺，人来人往都是安安静静的。走着走着，你就停住了脚步。前面是红灯，通行栏杆横在面前，听见叮叮的车声，是有名的"江之岛电铁"，这样的电车曾出现在青春动漫《灌篮高手》里，出现在凭《小偷家族》获戛纳金棕榈大奖的导演枝裕执导的《海街日记》里，那么浪漫，那么清新。电车的到来和离去总与等待、幻想、期许有关，总与青春、爱情有关。

寺庙是这座城迷人的原因之一吧。在长谷寺，小小的院落，静谧，精致。沿着两边长满青苔的石阶走上去，身旁布满了绣球花，蓝色的，紫色的，白色的，那么丰盈饱满。你简直不想走了，就想好好看看它们。在观音堂内，看到高9.18米镀金木制的十一面观音雕像。我们许了愿，买了两张卡片，孩子们写上自己的愿望，然后挂在樱花树上，任它们在风里摇曳。在外面开阔的见晴台上，倚着，可以看到海。就是这么既曲径通幽，又豁然开朗的感觉。

后来想想，若能再到圆觉寺看看该多好。

川端康成《千只鹤》的开头便是：菊治踏入镰仓圆觉寺院内，对于是否去参加茶会还在踟蹰不决。时间已经晚了。

　　　　　　　　　　　　　　　心田种字

那一场茶会，菊治看到那位稻村小姐，手拿一个用粉红色绉绸包袱皮包裹的小包，上面绘有洁白的千只鹤，他觉得美极了。但最终还是陷入另一段不伦之恋。

美与丑的界限在哪里呢？情感与理智的边界在哪里呢？

三

去之前并不知道镰仓是日本很多文人墨客心中的圣地，后来才知道有一种"镰仓文士"的说法。

镰仓本是12世纪末源赖朝创建镰仓幕府并开始武士政权的地方，后成为日本中世纪初期的政治中心，不少神社和寺院都建于那时。这座有着近千年历史的古城在繁华与落寞之间起起伏伏。到近代，明治二十二年（1889年）横须贺线贯通，镰仓和东京之间通行便利，文艺青年们到这个有着久远历史的古城，寻访探幽。到大正、昭和初年，很多知名作家相继移居镰仓，或参禅，或创作，或进行文学交流，形成了日本近现代文学史上一个独特的团体——镰仓文士。这座古代武家之都转身之间，成为"文艺之都"。

我想象着如果去到圆觉寺，也许会看到日本作家夏目漱石参禅的身影。留英归来的夏目漱石陷入失恋，忧郁症长达两年之久，几乎无法工作，睡不着觉。经人推荐进了镰仓圆觉寺，在那儿坐禅治好了忧郁症。他把在圆觉寺参禅的感受写进《门》和《梦十夜》两部作品。那些句子那么动人，比如"我捡来陨落的星星碎片，轻轻地放到泥土上。星星碎片是圆滑的。或许在长时间从天空坠落过程中，磨掉了棱角才变得光滑吧，我想。抱起它放到泥土上的时候，我的前胸和双手也稍稍暖和了一些"；比如"他们未能得到神的保佑，也没有遇到佛，于是相依为命成为他们的信仰"。关于爱情，关于梦想，关于人生，他有那么瑰丽的文采，奇妙的构想和深邃的哲思。

而芥川龙之介，这一位只活了三十五岁的小说家，却写下《罗生门》《鼻子》等经典作品。他自二十六岁结婚后就定居在镰仓大町十字街并成为大阪每日新闻社社友，那一年里，他写下了《蜘蛛之丝》等多部小说。这位被誉为"鬼才"的作家曾到中国游历，到上海、苏杭、南京、芜湖，也到过郑州、洛阳，写下长长的《中国游记》一文。他说：在梦里，一切罪恶都从眼底消失得一干二净。但只有人的悲伤——人的巨大的悲伤，如同充满天空的月光，依然孤寂而严酷地存在。最近在读鲁迅先生翻译的芥川龙之介短篇小说集《绝笔》，隔着时间的长河看去，仍感受到他的犀利、怀疑和悲观。

四

但始终，最爱镰仓的还是川端康成和小津安二郎。

小津晚年一直与母亲在镰仓度过，死后葬在圆觉寺。墓碑上只有一个字：无。

什么都会改变，什么也都不曾改变，最终都归于——无。

川端康成也是如此，他坦然地告别人世，不留任何遗嘱。对他而言，"无言的死，就是无限的活"。

读川端康成的文字，觉得里面浸润着海风和花香。他说：美在于发现，在机缘。他说：如果一朵花很美，那么有时我会不由自主地想到："要活下去！"

2016年那个绣球花开的夏天，曾经看到的美，曾经感受到的美，至今还在记忆中存在着。

（原载"中国副刊"公众号2018年7月24日）

心经过的地方

飞机晚点了两个多钟头，到广州，再至佛山，已是夜里十点多。你当天才从外地回来，一大堆的事情等着你，你却神采奕奕地在宾馆等着，要带我们去吃夜宵。

毕业已十多年，你还是原来的样子，若说有变化，就是更成熟、周全了。我从心底为重逢开心，终究我们都还在为地域文学艺术做一点事情，并没有离我们当日所学太远。

那晚临别时，我拿出一幅珍藏的小楷《心经》送给你。你愣了一下，继而大喜，感叹说：你怎么知道我正期待这个！

其实我并不知道，只是直觉罢了。人到中年的疲惫和厌倦，纵然我们自命不俗，试图挣扎，又如何能逃脱？

第二日是佛山文学周主题研讨会，整整讨论了一天。我从未见过这样的学术研讨会，围绕儿童文学，围绕获当地"青铜奖"的《摇啊摇，疍家船》及其作者洪永争，整个广东省有分量的作家、评论家、大学教授几乎都赶来了，大都准备

　　　　　　　　　　　　　　　　心田种字

了正式的论文，从不同角度或解读作品，或指点迷津。令人惊讶的是，发言中有很多毫不避讳的批评，言辞犀利，但最终都是为儿童文学创作指路。

你作为会议的核心忙碌着，从容，身上散发出稳定的能量，没有丝毫慌乱，毕竟已是第三届了。后来，你诚恳地说，我和肖定丽老师的发言最精彩。我想，是否因为我提到了顾城的诗句"人可生如蚁而美如神"；是否因为我说到了大自然深处的力量，美丽的漠阳江，两岸的翠竹绿树，淡蓝色的苦楝花，雪一样的芦花，一个幽深而清静的世界，是孩子烦恼时最深的慰藉；又或是我念起宗白华先生的诗，"宇宙的灵魂，我知道你了，昨夜蓝空的辰梦，今朝眼底的万花"。这份憧憬与美好是我希望更多的儿童文学作品能带给孩子们的，让他们触摸到宇宙的灵魂，看到自己的内心。

那么，我们自己呢？说起来，这些年，我们最大的收获就是孩子，上天赐予我们的宝贝。这次去，遗憾没有见到你的夏珞迦，你给这个孩子起了个多么好听的名字。

那座珞珈山看似已经很远了，自我们头也不回地离开，我便把它放在了遗忘之城。可是，那些生长在山上的繁茂与荒芜，那些浸润在骨血里的诗意与不羁，我如何能忘得了？

于你，每日呼唤孩子的时候，都会想起吧。你在那里恋爱，然后和当日的女友，如今的妻子一起来到这南方的小城。你们经历了多少事情，到如今，静好安稳，各自为事业打拼，且成绩不俗。你甚至不断地邀请我们当年的老师到佛山讲学，於可训、邓晓芒、陈国恩、陈文新、邹元江……你还带着当地的作家、画家、雕塑家到全国各地去展示，交流。那么多出色的博士、名家都被邀请到佛山艺术研究院，在这方看似小小的天地，你实在做出了热气腾腾的大事情。

但你某些时刻的表情告诉我，你不满足，不满意。不是对事业的不满意，是对自己。那个一心为着事业，为着他人，在内心深处受了委屈的自己。甚至也不是委屈，是一丝莫名的失落。所有那些看起来忙忙碌碌、无比充实、灿然光鲜的时刻，焦灼和失落都同时存在着。你依然感受着某种缺失，把握不住的不只是时间的流沙，还有难以名状的空洞。

即便你兴致勃勃地带我们去岭南天地，欣赏骑楼、镬耳式山墙、瓦脊、雕花屋檐等岭南特色建筑，在蜿蜒街巷间穿梭，饱览设计精美、工艺繁复的陶艺，品尝老字号招牌甜点，甚至还踱步到当年的龙塘诗社，细细抚摸历史的遗存，那时你对我们照顾得那么周到，贴心，你大谈未来的规划，你那么开心，眼睛里闪烁着光芒，我也高声附和着，一切都那么美好，尽在掌握的样子，但我隐隐地觉得哪里不对劲，说不清是哪里。

即便那一天，你终于得了一点空闲，带我去看祖庙。其实，我们是去看一场上演了千年的大戏。在那儿，我才知道，佛山之称，肇迹于晋，得名于唐。唐贞观二年，乡民在塔坡岗上出土三尊东晋时的铜佛像，塔坡岗遂成佛家之山，立石碑上刻"佛山"，故名。我看到了"佛山"二字的石刻，"胜地骤开，一千年前青山我是佛；莲花极顶，五百载后说法起何人"，怎能不唏嘘感叹？

在祖庙这座民间艺术博物馆里，看到那么精美的陶塑、木雕、砖雕、灰塑，栩栩如生的造型，高贵华丽又古朴典雅，讲述着"桃园结义""刘伶醉酒"等故事。

我拉着你在万福台前合影，据说这是华南地区最古老和保存最好的戏台，始建于清顺治十五年（1658年），万福台高2.07米，从万福台到两旁的两廊，再到灵应牌坊，形成一道天然的立体环绕声回音壁，演出音响效果极佳。想当年，我们使劲儿读了那么多戏曲戏剧剧本，从元杂剧、明清传奇，到西方古典主义、象征主义、荒诞派戏剧等，多是纸上谈兵。但我一看到戏台，或许就像你一看到银幕，就会莫名地激动。在我们心里，那个关于艺术的梦想始终在，只是当时不懂得珍惜，随意就放下了。要很多年后，才清楚地知道，任谁在生活中的亮相，都逃不过生旦净末丑之角色扮演，鞭是马，桨是船，边锣是水，更鼓是夜，一转身行程万里，一开口半生已逝。

这一路，你仍是不停地打着电话，直到我们站在南风古灶前，钻进有着500多年历史，长234米多的"龙窑"里，手摸那些柴烧的砖头瓦罐，内心仿佛才安静下来。青石铺路，斗拱飞檐，曲径通幽，走在石湾区的这组明清建筑间，仿佛总有清音萦绕。我随手抓拍了几张你的侧影，背景里总有青苔、翠竹、古树，还有旧书。在那间小小的书铺，我淘到一本上海译文1979年繁体竖排的《红与黑》。于连野心勃勃而又短促的一生，道尽了无数人的命运，正如书中的那句话，"我从地狱来，要到天堂去，正路过人间"。

人间有什么呢？想来也不过是无数思绪和念头在翻飞。若没有书，又该如何安顿这一切？所以，那个微雨的夜晚，我仍旧选择了这个主题，"寻找生命中的那本书"。也许是的，寻找那本书，那些书，不过是为了遇到那个人，那些人。那些指引我们的星光，那些伴我们同行的灯火，那些在孤独中让我们懂得享受孤独，在空虚中给我们力量的智慧与思想，那些无比充盈而浩瀚的心灵之光。

就如端庄美丽的主持人顾月老师，放弃了可能很辉煌的仕途，数十年在当地图书馆工作，安心与书相伴；就如才华横溢的嘉宾盛慧，因为最初遇到路遥的《人生》，因为钟爱契诃夫、赫拉巴尔、胡安·鲁尔福，仿佛接受了秘密的馈赠，仿佛珍藏着巨大的喜悦，在写作之路上执着前行。

那夜，你一直在台下静静地聆听。告别一众朋友，开车送我回酒店的路上，我感受到你突然低落的情绪。是因为分享会上，"90后"歌手王洋唱的那首《关于郑州的记忆》吗？你说起自己喜欢李志的歌，在深夜反反复复地听，听到失眠。你说起内心深处那份从不与人道的不安、迷茫。我才想到，曾经的同窗数载，我们尽管曾那么多次围坐在一起上课，讨论；尽管你们四个剃了光头的男生，曾在宿舍为我们女生准备了碗筷，煲汤，涮火锅，让我们一饱口福；尽管分别的时候我们歌唱着，从夜晚唱到黎明，终究，我们对彼此了解有多少？

隔着这么多年的岁月，我们各自在世俗之外，内心经历了什么样的风暴，我们又做了什么样的努力和挣扎？这些挣扎，倘若方向是对的，皆可美其名曰：修炼。我们当各自修炼。

我只是倾听，说出我的感受，我并不太为你担心。想起在你的办公室看到你画的两幅油画，一幅是雾中的街道和路灯，一幅是大雨淋湿的秋日风景。才初学油画，你便画得这么好，精准地传递出内心的感受。你还画了很多梦境。这些都是内心的一个出口，让你保持着平衡，小舟偶尔摇晃，但不致倾覆，这样就很好。

"心无挂碍，无挂碍故，无有恐怖，远离颠倒梦想，究竟涅槃。"在千年古镇佛山，我们离佛的境界尚远，但这颗心已然在途中了。

（原载《南阳晚报》2019年12月13日）

时光"速"描

1. 我们

总是看不清楚时光的模样，直到每个年终岁尾，蓦然回首，黯然心惊。

总是描绘不出空间的距离，直到坐上一趟高铁，未及回味，已经抵达。

此时，年节的喜庆气氛已渐浓郁，多少中国人已经预订好了一张高铁票，等待着起程回家或远行。

想起16年前的那个春天，在北京城里晃悠等待一份工作的我，接到河南日报报业集团的召唤，就迫不及待地坐上动车，回到家乡。在扑面而来的乡音里，感到久违的温暖和踏实。

很快，新同事入职培训的时候，见到董娉。如果说那时的我已经注定要在文化领域里耕耘，而她，似乎还不确定未来的方向。她大概不会预见到，若干年后，她会从事铁路行业的新闻报道，从见证者到亲历者，从文字到视频，从纸媒到新媒体，不断书写精彩的"我与高铁的故事"。

"咱们可以聊一聊，这十多年我作为记者见证了河南铁路建设和发展，深有感触。"

她爽朗地笑着，白皙的面庞，利落的短发，一身时尚的休闲装束，几乎看不到时光在她身上留下的痕迹，更看不出她已是两个孩子的母亲。

我们约在报业大厦一楼的大河书局，在明净的落地玻璃窗边面对面坐下。有那么一瞬间，我忘记了自己的采访者身份，几乎要脱口而出：你记不记得2004年我们刚到报社的样子？怎么一晃这么多年就过去了？

但我还是忍住了。是直觉告诉我，她在奋力地向前奔跑，几乎无暇回头，无暇慨叹流逝的时光。

她兴奋地说起2019年12月1日那天的故事：当天，郑渝高铁郑襄段、郑阜高铁、京港高铁商合段三条线路同日开通，结束了南阳、平顶山、周口等地不通高铁的历史。她也迫不及待地带着九十岁的姥姥坐上高铁回老家——南阳方城县。

"其实同行的不只有姥姥，还有我的妈妈和我三岁的女儿，我们是四代'闺女'回娘家，感慨特别多，无奈新闻里写不下。"

她是如此清晰地记得，30多年前，那个懵懂又调皮的小女孩，是怎样在每个寒暑假，天不亮，就跟着妈妈，辗转坐上汽车，经过将近10个小时的颠簸，回到方城县。她被放在姥姥家里，直到假期结束，妈妈才来接她，她们再次踏上颠簸的路途。

老屋前，清澈的水流，高大的黄楝树，夏日的蛙鸣，冬日的寂静，和街坊邻里淳朴的笑容，一起印刻在她的记忆里。

这次乘首趟高铁G4051回去，1小时21分的车程。出站后，她在新建的站房外面又看到那一张张淳朴的面容，乡亲们把脸紧紧贴在高铁站玻璃窗上，睁大了眼睛往里面看，每当有高铁急速驶过时，大家便会发出惊叹的声音。

那些面容如此熟悉，即便经过时光的打磨，依旧亲切。世界仿佛忽然间向他们打开了崭新的大门，清冽的空气扑面而来，乡亲们兴奋的心情溢满了车站，溢满了豫西南，弥散在辽阔的中原大地。就那么一瞬间，泪水湿润了她的眼眶。

坐上汽车，穿过拥挤的人流，行驶在崭新的方城县大街上，回忆着往日的点点滴滴，直到坐在餐馆里等烩面上桌，一家人还是有一种似在梦中的感觉。

她想起2010年2月6日，郑西高铁开通运营时，她作为记者登上首趟列车，那种在大地之上平稳飞翔的感觉，让她的幸福感也生出了翅膀。

车厢里温暖如春，她脱去厚厚的外套，一件黑色的卫衣，胸前的记者标牌格外醒目。一个转身间，她看到一位外国记者，高高帅帅的小伙子，她问对方乘坐中国高铁的感受。小伙子跷起大拇指说："真棒，一小时走350公里，又这么平稳，手机竖着放都不倒，真了不起！"这个采访瞬间被其他媒体摄影记者抓拍到，成为永久的见证。

2012年12月26日，京广高铁开通运营。那次体验，她又高兴得像个孩子。她两个最好的"闺蜜"都在北京，曾经，去看她们要坐六七个小时的火车，更早之前，要坐一夜的火车。周末时间紧张，常常要等到长假，才能和朋友见面。高铁开通那一天，只用了两个半小时，太阳还未升高，她的身影就出现在北京西站的出口，激动地给朋友打电话，大声喊着：我来看你们了！周围的行人都吓了一跳。从此，她在郑州和北京之间开启了"说走就走"的行程。

2016年9月10日，郑徐高铁开通，河南铁路"双十字"形骨架完成的时刻，她仍在现场。而前前后后，她往高铁建设工地跑了多少次，采访了多少铁路工作者，写了多少篇关于高铁的新闻报道，实在是数不清了。

2019年12月1日，她和河南日报新媒体部的同事一起，策划完成了图文直播"带姥姥'飞'回家"。那包含着浓浓乡愁的深情文字，和精彩图片、高清视频一起，将老百姓藏在心间的、长久的渴望与期待，祖孙四代人的暖意融融的温情，对家乡日新月异变化的感叹，和对未来美好生活的梦想，一一完美呈现，获得好评如潮。

回首往昔，这十余载岁月，让一个大学刚毕业的"门外汉"，伴随着中国铁路的大发展，中原大地米字形高铁网络的编织；伴随着传统媒体的发展和转型，从媒体融合到新业态，完成了自己的华丽转身，成为一名出色出彩的全媒体记者。

原来，我们已经用走过的每一个足迹来回答，时光就是这样一晃而过的啊。

2. 他们

2004年！

听到这个年份从高铁公司运输安全部部长李本的口中说出，我微微一惊。

那一天，天空碧蓝如洗，阳光穿透清冷的空气，照耀着郑万铁路客运专线项目管理机构四层白色的大楼。他办公室内的窗台上，一盆刺梅开得正艳。

从书柜里捧出一本厚厚的大书——《郑西高速铁路工程总结》，已到知天命之年的他带着自豪的表情，仿佛所有逝去的岁月都珍藏在里面，翻开，就能找到完美的答案。

正是2004年10月，铁道部成立郑西铁路客运专线公司筹备组，他从工作了20年的中铁咨询郑州勘察设计院，被抽调进筹备组。

那时，他心里充满强烈的历史使命感和建功立业的神圣感。

他见证了20世纪80年代，作为国民经济大动脉，我国铁路存在的运能严重不足瓶颈；见证和经历了自1996年起中国铁路的数次大提速，参与了老铁路的大规模升级改造。

而这一次与以往都不同。他们要在湿陷性黄土地区修建一条时速350公里的高速铁路，这将是世界上第一条这样的铁路。

一切都是空白的，没有基础理论，没有工程实践，没有现成的设计规范和技术标准、验收标准等，每一步都要在摸索中前行。

在松软的湿陷性黄土上如何铺设钢筋混凝土的无砟轨道？沉降量控制如何达到毫米级？

更麻烦的是，如何解决黄土隧道大断面开挖掘进的问题？

秦东隧道、张茅隧道、函谷关隧道等，长度都在8公里左右，开挖之前，要做大量的施工技术、工艺、配套设备研发应用等试验和准备工作。

从此，他便开始了"五加二""白加黑"的工作模式，没有节假日的概念，冒严寒，战酷暑，克服重重困难，攻克一个又一个难关。

他不提自己的生活，不谈其中的艰辛，说不值得提。在十几万人的高铁建设大军中，每个人都像是海洋中的一滴水，沙漠中的一粒沙，大地上的一抔黄土，旷野中的一缕风，只有汇聚在一起，才能产生磅礴的力量，诠释新时代的"高铁速度"。

曾先后在郑西高铁公司组担任安全质量部部长、技术装备部部长、工程管理部部长的他，只谈如何把最先进的技术引进来，消化，吸收，再创新；如何通过修建郑西高铁，最终形成中国高速铁路包括设计、施工、技术研发、设备制造、联调联试以及运营管理在内的一套完整的标准体系，完整的技术体系、装备体系等，并为之后中国高铁大规模建设提供强大的技术储备，实践经验和建设主力军、后备军。

的确，如果说2004年之前，中国高铁还是一穷二白，交通运营零公里的话，经过10多年突飞猛进的建设，到2019年底，中国高铁网已基本建成，中国高铁营运里程已达3.5万公里，占世界高铁总规模近七成，高居世界第一。

他反复强调着，我们赶上了中国铁路最好的时代，中国铁路编织的这张全新的高铁网拥有完全自主的知识产权，技术先进，安全可靠。在河南，以郑州为中心的2小时高铁经济圈，覆盖我国中部地区近4亿人口的货物集散和消费市场，在全国经济发展的大格局中位置更加突出……

那天中午，趁着午休时间，还见到他们。

公司综合管理部马其林副部长拿着2019年12月1日三条高铁开通当天新鲜出炉的《多彩郑万出彩河南》画册给我们看。一页页翻过去，在精美的画面里，不禁惊叹高铁建设者群体的"高度、尺度、态度、精度、速度、厚度、温度、热度"。

"管电"的汪海峰是吉林人，也是2004年从中铁电气化局来到郑州，进入郑西客专筹备组。在他眼里，电力就像高铁的血液一样重要。他指着画册上的高铁施工图片，讲解高铁如何采用双电源：一是配电所，供应通信、站房、空调等的用电；二是牵引变电所，高铁沿线每50公里都要设一座变电所，通过受电弓与接触线接触取电流，都是清洁能源……我听得似懂非懂，我更关心这个为河南高铁事业兢兢业业奉献了16年的中年人，是否习惯河南的饮食和生活。他笑着回答，早就把家安在了这里，从心底融入了这片土地。最喜欢吃开封的"兴盛德"花生，每次回吉林老家，都要买一些带给长辈。

而负责施工组织设计的山西人海振雄，自2008年从中铁大桥局进入京广铁路客运专线，迄今，参与了石武高铁、郑渝高铁郑襄段、郑阜高铁等多个高铁项目的指导性施工组织，负责前期整体性布局、项目转换、后期收尾等工作，对河南各地的地形、土质、风俗等了如指掌。在前期布局郑渝高铁郑襄段时，他考虑的是在河南这个农业大省，怎样减少临时占地尤其是对农田的占用；如何避开发达的公路网，具体到在平顶山如何避开矿藏，在周口如何寻找合适的材料替代不合格的土源等。

为了寻找建梁场的合适位置，2015年冬天，他在方城迷了路，在山脚下进退两难；在鄢陵，为远离花木基地，他一条路一条路地排查，精疲力竭时终于寻到一块合适的空地。他说，难度在于细节，如何考虑周全，保证后期施工万无一失。

这样常年奔波在外，无暇顾及家庭。直到有一天，半夜12点多回到家，九岁的儿子一直等着他，问他：你是不是在家里租了张床？他忽然心酸，无言以对。

或许，对于高铁建设者来说，铁路轨道铺展得有多绵长，他们辛劳的汗水就有多厚重；米字形高铁网的时代新画卷有多么壮丽，他们精益求精的匠人精神就有多么执着和顽强；而人们出行的脚步有多轻快，他们的付出就有多值得。

3. 她们

"我们那会儿，当列车乘务员第一课先学会爬窗户。"

回首往事，邓艳笑意盈盈。

1993年，她就在从郑州到北京的红旗火车上当列车员，一人负责一节车厢，除了打扫卫生之外，取暖、烧水都需要她烧煤炉，一趟车跟下来，指甲缝里都是脏的。

每年春运期间，因为乘客太多，车厢超员，上下车都不方便，每到一个站点，她都要从车窗爬出去，在站台上从窗外给客人送开水。一年之后，绿皮车换成红皮车，也有了电采暖，才轻松了些。

那时的她年轻，虽然辛苦，但留在记忆里的都是与其他列车员姐妹相处的美好时光，都是和乘客之间短暂却温暖的旅途情谊。

2007年，郑州铁路局成立动车车队，她来到车队助勤。2012年，郑州东站运营，她与车队的同志们一起见证了高铁的发展。如今担任郑州客运段高铁二队党总支书记的她，只觉得随着高铁的大发展，自己的工作节奏越来越快了。

眼下，高铁列车调图实行"一日一图"，每天编组安排都根据客流量随时做相应的调整。变化就是风险，高铁无小事。她在办公室里，一刻也不敢放松。

春节临近，为了增加运力，满足新增临客要求，又有一批列车员临时加入协助春运，高铁二队人员猛增到447人，女乘务员将近三分之二。她像照看自己的孩子一样，为他们的工作、生活，甚至为他们每日的精神面貌、心理状态操心，盼他们平安而去、平安归来，圆满完成每一趟乘务工作。

采访当日，跟着她到处"串门"，见到高铁三队队长蒋丽芳、高铁一队书记万彩林。前者比她早一年当上列车乘务员，20多年来，一直相互扶持，结伴同行。后者是大学毕业后分来的，年轻有为。我们四个站在挂着书法作品《中国梦高铁情》的墙面前合影，蒋队长指着储藏柜上面摆放的一个小葫芦说，这是队里的工作人员做的，书法也是人家亲笔写的，很有才华。

客运段三个队上千名队员，多才多艺者不少。每到节假日，或者高铁开通运营之日，俊男美女们都会施展自己的才情，载歌载舞，表演各种精彩的节目，客运段里总是欢声笑语不断。更让人欢喜的是，这些神采飞扬的年轻人，乘务员、列车长、机械师等之间不断擦出爱的火花，最终步入婚姻殿堂。他们相爱相恋的故事，让客运段始终洋溢着甜蜜的气息。

那天，见到列车长陈楠楠时，她刚下高铁，脸上还带着一丝疲惫。车队的休息室和走廊里，几十位和她一样的倩影在穿梭忙碌。

"光鲜亮丽！对，这就是我当初想成为高铁乘务员的原因。"出生于1988年的她坦诚又率真。

大学毕业后，她就通过劳务派遣公司，参加了招聘考试，成为高铁乘务员。

那是2012年，她登上了武广高铁。4年后，因为表现出色，经过综合考试荣升为列车长。

如今，她依然喜欢这个职业，只是辛苦自知。

在清晨4点起床，夜半才归来的时候；在列车上保持数小时站立的姿势，时刻关注每节车厢情况，因担心而神经紧张的时候；在没有时间回家看望四岁儿子，日思夜想的时候；在大雪中的异地车站彻夜难眠等待返程的时候；在遇到旅客晕倒等突发状况的时候……她想到更多的是身上肩负的责任感。

新年，她有新的梦想。就是希望未来经过努力，通过考试能够转为正式员工，有更好的发展。不为别的，只是希望孩子懂事后，看到妈妈的努力，以妈妈为荣。

中国梦，高铁情。可不是吗？当人们一次又一次为梦想奔向远方的时候，也许应该记得一代代列车乘务员，那些默默的付出，那些长情的守护。她们永远是高铁列车上最亮丽的那道风景线，优雅的制服，俊秀的身形，明亮的眼眸，嘴角那一抹柔和的笑意，让每一个旅途温暖如春。

4.一个人的舞蹈

确认信号，严控速度，呼唤应答，每30秒踩一下警惕装置。这便是高铁司机在一平方米操作空间里的"手舞足蹈"。

郑州局集团公司郑州机务段"80"后高铁司机杨震称自己是"陆地上的飞行员"。

那一次，他真的"飞"起来了。

2016年7月15日上午11点19分50秒，在郑徐高铁河南民权县境内，杨震驾驶复兴号"金凤凰"和临线对面驶来的"蓝

　　　　　　　　　　　　　　　心田种字

海豚"均以单列421.9km/h的速度成功交会，用时仅1.9秒，创下了世界高铁动车组交会试验的"第一速"。

时速超过420公里，意味着动车1秒钟开行117米多，这对高铁司机的操作精准度、线路熟悉度、配合默契度有非常高的要求，有一点疏忽，就会错过交会地点，也就失去了试验的意义。

那之前的两个月，杨震每天早上5点出发试车，晚上11点回来，再挑灯夜战，反复研究操纵特点，并将白天遇到的问题汇总，制作成安全提示卡。在白天试验过程中，他至少要在郑州东至萧县北之间往返驾驶20余趟，每天累计开行2600余公里。

刚刚过去的2019年，郑渝高铁郑襄段、郑阜高铁、京港高铁商合段三条高铁开通之前，他们成立了联调联试突击队，在试运行阶段，依然每天往返驾驶20多趟，再一次出色完成了"大考"。

而此前和此后每一个平常的驾驶日子，对于他都是一次次考试，一回回考验。

高铁每个站点停留时间短，他尽量少喝水，坚持4个小时不上卫生间。他买柠檬糖、薄荷糖来提神，他缓解孤独、释放压力的方式只是呼唤应答的声音大一点，再大一点。

他的家在开封，每次回去，他习惯坐城铁，那短暂的没有任何压力的时刻，让他觉得格外惬意。

从2004年当上火车司机，开过货运，普通线旅客列车，既有线旅客列车，然后到动车组。将近10年，后经过层层选拔，当上高铁司机。

现在，他已经开始指导新手，努力做好"传帮带"，为高铁运营发展培养精兵强将。

不久前，机务段年龄最大的司机刘富清办理了退休手续，高铁司机能坚持干到55岁，在他们内行人看来，都觉得不可思议。

目前，机务段最年轻的司机约25岁，更多新生力量还在加入，都来自专业院校，经过最严格的选拔。

如今，郑州东站每天往返高铁480对，春运期间，达520对。他的同事、年轻的助理工程师冯海龙说，过年过节对于普通人来说是喜庆、休闲、团聚，对于我们来说是"过关"。

随着米字形高铁"一撇""一捺"的完成，更多优秀的高铁司机加入，这些年轻的身影将和前辈一样，在并不宽敞的驾驶室里完成一个人的舞蹈。

他们一刻也不得闲，看起来似乎指挥着千军万马，其实是在漫漫的旅途中，独自谱写一首首关于平安、幸福的长歌。

5. 下一站，春天

雪花纷纷扬扬，如白色的精灵飘落人间，以甘露滋润大地，以诗意滋养心灵。

这是己亥年末的瑞雪，也是2020年的初雪。

总是在最寒冷的时候，每一片雪花携带着春的消息而来，带来欣悦和欢畅。

就在数天前，作家刘庆邦老师把他的文章《绿色的冬天》配乐朗诵版本发给我。他说：这篇文章是交给凤秋首发的。

我怎么会不记得呢？那是2014年新年第一期中原风版。他在文中写道：

> 绿色来自哪里？来自豫东平原大面积播种的冬小麦。
>
> ……无所不在的麦绿与你紧紧相随，任你左冲右突，怎么也摆脱不了绿色的包围和抬举。哦，好啊，好啊，我想放声歌唱，我眼里涌满了泪水。

文章的结尾，他这样写：

> 我一时产生了错觉，以为自己是走在了春天里。

也是从2014年起，《河南日报》中原风副刊插上了飞翔的翅膀，"风"拂中原，"风"行千里，在展示大文化、大境界、大胸襟、大情怀的长风、劲风、清风、雅风中，每一棵树都绿意葱茏，每一朵花都摇曳生姿。我作为编辑的这些年，就是在这样的风中走过，心中充满了幸福的珍重。

我记得那时，郑州地铁一号线刚刚开通。人们惊呼，这一条白西向东、穿越商城的长龙给生活带来了巨大变化。如今，郑州地铁已经开通运营了五条线路，带来井然的秩序，怡然的生活。而随着2020年、2021年，郑太（太焦段）、郑济两条高铁的建成，河南米字形高铁网将真正成形，像一道道彩虹串起城市乡村，跨越山川河流，拥抱新时代每颗火热跳动的心。

在那一期新年致辞中，我曾引用波兰诗人辛波丝卡的诗句：确定是美丽的，但变化更为美丽。也许是的，我们何其幸运，无法确知自己生活在什么样的世界。一切都在飞速变化，每一次变化都是美好生活的又一个开篇，都是梦想风帆的又一次开启和张扬，都让人满怀热望，心潮澎湃！

一起来吧，在大地上飞翔，在时光中穿梭，在风中驶向下一站：春天！

（原载《河南日报》2020年1月8日）

第二辑

当我回首，听见花落的声音

旧时心情（二章）

青木瓜的滋味

买了一只青皮的木瓜回家炖排骨，听说这样的木瓜耐煮。切开来，里面已是温润的橙色，炖出来的汤也果然有股清香的味道。

这味道让我想起7年前的那个冬天，我跟同学去湛江一所大学应聘。那座城市的一切对于我们来说都是新奇的，碧蓝明净的天空、鲜花争艳的街头，依着长长的海岸线可以遥望到海口。在那儿，我第一次见到了木瓜树，它独自伫立在田野里，树上只结着两个木瓜，青涩的，略显寂寞。我惊喜地站在树下，让同伴给我照相。照片里我的模样也是那般青涩，眼神单纯。

返回时，行囊里鼓鼓的，装满了青木瓜。那时的我很少做饭，更不知道青木瓜该怎么吃，只是听当地小贩说可以煲糖水，至于怎么个煲法，也完全没有概念。但还是兴冲冲地买了很多，背包沉甸甸的，心里的幸福满满的。仿佛借着一个个青木瓜，前程未卜的忧虑被暂时地驱散了。

后来，她到北京读博，我回家乡工作，关于湛江的一切都宛若遥远的梦境，美好但依稀，我们很少再提起。

再后来，各自结婚成家，生活日渐安定，也日渐琐碎而忙碌。偶尔通电话，谈的也是各自的工作、家庭，有淡淡的幸福、有小小的苦闷，不再有不安、挣扎和躁动，但也不再谈那些当年浪迹天涯的梦想和冲动。我试着提起，总被她轻描淡写地岔开话题。

某天，翻出一张旧碟，是越南导演陈英雄执导的电影《青木瓜的滋味》。影片散发着温婉宁静的气息。女主角叫梅，羞涩天真，像青木瓜一样拥有珍珠般美丽洁白的内在，散发着淡淡的清香。虽然在家中的地位卑微，只是个用人，但她的脸上始终洋溢着满足幸福的笑容，看不到任何怨恨、忧伤。她安静地长大，从乡下孩子长成亭亭玉立的女子，也终于等到有人懂得她，喜欢她，娶了她，教她读书识字。

我打电话给朋友，谈起这部电影，她说，梅是真正懂得生活的。她说，你想想，那年我们明明接到那所大学的邀请了，但都没有去，为什么？

为什么呢？是从来没有想过要真正生活在远方，还是心里明白自己最想要的从来都不是天涯海角，只不过是家中那一盏温暖的灯光？明明那个时候就不由分说做了决定，有什么好纠结的呢。

影片的结尾，梅像往常一样轻柔地用水洗着青木瓜，然后拍打下青绿的丝，最后剖开它，看见满目珍珠样的颗粒，洁白晶莹。

她微笑着，那笑容跟从前一样安然自在。

（原载《河南日报》2011年1月11日）

那些深夜来电

一

数年前的一个夜晚，已躺下准备入睡，手机铃声倏然响起。"是冻冻吗？"电话那头传来熟悉的声音。当然熟悉，凡是对我用这个昵称的多半是我的大学同学，而且是大学同学中的一小撮，他们叫起来自然、妥帖，仿佛这个名字是天生的，自在的，从不曾改变。

睡意一扫而光，我急匆匆地说："是旺旺吧！"同样，这是只属于那个身形不高、脸庞圆圆、眼睛亦圆圆的男生的昵称，我们又称他为旺仔，或旺财，总之都是喜气洋洋的感觉，带着亲切。

回忆的闸门刹那开启，话题如流水急切切地朝外涌。

约好第二日相见，他却行程匆忙，转去洛阳，然后就离开了河南。

也没有太多遗憾。就像也不是非联络不可的，各自过着各自的生活，忽然去到某个城市，想起有个故友在那里，联系是一定要联系的，见与不见倒在其次。"我来到你的城市，走过你来时的路"，陈奕迅在那首《好久不见》里正是这样抒情地、不疾不徐地唱。而如东晋王子猷般，"乘兴而来，兴尽而归，何必见戴"，更是上乘境界。

该是多么深厚的缘分，不然，读研三年，怎么那么恰巧，九个人相遇在一起，年龄相仿，同样爱戏剧、爱电影。

炎夏的夜晚，也是这般，穿着背心拖鞋就出门了，一起在东湖边溜达，高谈阔论犹不尽兴，非要张牙舞爪，自编自演起短剧来，那疯傻的模样引得路人注目，一转身，湖边喃喃私语的对对情侣难以忍受聒噪，消失得无影无踪。整个世界都是这群人的。在小课上争论，窝在宿舍看片后争论，吃饭时也争个不休，为着"艺术为大众还是小众"的问题都能掰扯上半天。

最温馨的时刻是那四个细心的男生在宿舍为我们每个人准备好一副碗筷，煲了几个钟头的鸡汤香气四溢，我们大快朵颐；最伤感的是毕业时刻，K歌唱破了嗓子，有些醉意，就那么你看着我，我看着你，眼泪就下来了。然后还要走很远的路回学校，直到天微亮，站在长江大桥上对着渺茫的晨曦呼喊。

那是属于我们的"致青春"。

心田种字

二

又一个夜晚，看到一个陌生而奇怪的号码，接听，越洋电话。是那个与我同窗四年，然后和男友一起去法国留学的女生。

她？我们应该没有什么好说的。

"芙蓉向脸两边开"，这句诗仿佛是为她定制的，她名字的谐音就在其中。文学课上，老师只要提到这句，大家都会哄笑。那位老师很会解读学生的名字，叫到我的名字时，会说，这个名字像一个曲牌，一首小令；叫到赵采莲时，会说"江南可采莲"，好诗意。总之，大家的名字都被她解读了一番。

她则恰似那句诗般娇俏，嘴巴很巧，笑起来动人。

电话里，她依然字字珠玑，语速很快。但我也迅速听明白了。她和男友在不同的城市求学，日渐疏离，感情变质，然后分手。现在她找了一个法国男友，穷，单纯，她试着带他回国，他很难适应，他们重回法国，她却日渐思念父母，思念祖国，她想回来，但很难。

她说，如果某天决定回国，就想待在宜昌家里，哪儿也不去。

声音里都是寂寞。

我从未见她寂寞过。她是在富裕家境中被呵护的公主，连搬宿舍也要全家出动来帮忙；她一进大学就有了男朋友，喜滋滋地涂口红，欢天喜地去约会；每次考试都是抱佛脚，却屡抱屡中，成绩排名总是数一数二；她极爱惜书，宁可崭新地放着不看，也不能容忍被涂抹。

我喜欢她的明媚。

但是即便和她推心置腹，她也左耳朵进右耳朵出。她滔滔不绝地说，但从未听清别人在说什么。她一遍遍地问你的心事，却忘了你已经跟她说了好几遍。

跟这样的她交朋友很累，也就日渐远了。

但她的寂寞在那样的夜晚隔着大洋大洲呼啸而至，我一时心疼，但无力宽慰。

只有倾听，倾听，然后互道珍重。

三

那一晚，是深秋吧，他打来电话，说回老家了。乡间的风、乡间的气息是不一样的，会让归来的游子心潮澎湃，变成一个诗人。何况，他本来就有一颗诗意的心。

是夜，布满星辰的苍穹让他想起凡·高的《星空》，而他耳边响起的正是那首献给凡·高的歌《Vincent》。

他想表达，却无所适从。

给我打电话表达激动和感慨。

我们是老乡，朋友，同学。可以一起说些不着调的话语，谈些不靠谱的梦想，谁也不会笑谁。

他从远方归来，曾经和我约在丹尼斯门口见面。车来车往的人流中，他手捧一本《约翰·克利斯朵夫》，神思专注。

多年前，他读了"爱尔兰咖啡"的故事，在一个冷气十足的咖啡店对着我滔滔不绝，店要打烊了，他依然沉醉其中。第二日，当他气定神闲，约我爬山时，我已经感冒昏重。

他就那样随性情地前行，对人生似乎无规划。在他就读的那个热门理科专业，身边的同学一个个出国了，他还在摇摆不定。

博士读了四年半，论文才写够数，拿到学位。似乎并没有特别想去的单位，特别想干的事情，于是也开始申请出国。

美国、英国、德国，好几个大学、研究所的聘书竟华丽丽地来了。

他还在摇摆，举棋不定。

终于，还是去了德国，因为那间研究所的水平够顶尖。

QQ 上聊天，还是不着边际，让我推荐精彩的小说看。

然后，会报告他去欧洲各地旅行的消息。

钱没有攒多少，他的父母为他着急，不时报告郑州的房价涨到多高了。

他不以为意，没有置业打算。

那次短暂归来，执意回老家看看，父母至亲都搬来省城，他依然要回去。

成长的根在那儿，田野在那儿，风在那儿。

那一晚，他应该认同古希腊哲学家泰勒斯的说法：大地浮于水上。

后来的某一天，老婆、孩子随着他去了异乡。他说，即便这样，下一站在哪儿也还没有定，也许美国加州，也许河南郑州。

我冲他撇嘴，心上却不停画着感叹号。

（原载"三毛部落"网络文学平台2015年11月20日）

心田种字

记 录 生 命

　　某日，带5个月大的女儿闲逛，路遇一中年妇人。她看见小女，努力做各种动作逗笑，孩子十分欢喜，始终笑脸相迎。聊天中，她说，自己家孙女4个月半时就能独自靠墙站一两分钟。我正要惊叹，旁边一卖馒头的大婶撇着嘴说，怎么可能！就是半岁的小孩恐怕也得有人扶着才能站，那么小的，坐着也得有人扶呢！那位妇人急了：你不相信吗？我们家可是有记录的，孩子每个动作我们都记录得很详细，不信给你看看。大婶说，不用看，再看也不可能！两人争执得不可开交，我走后，仍听得到余音袅袅。

　　又一日，婆婆说起看《鲁豫有约》采访奥运冠军孙杨。孙杨父母对其人生有着精心的规划，从出生起，便详细记录其成长过程。辛苦付出最终带来累累硕果，他们的很多期望都一一实现。婆婆问我有没有记录，我有些惭愧：怀孕时还有闲暇记录每日的心情，孩子一出生，我的世界大乱，等缓过来劲儿，孩子已过百天，眨眼又半岁了。

但每刻的呼吸和情绪的变化是和孩子同步的。某年某月的某一天，她悄悄地藏在我的腹中，静静地生长，等待我的发现，我的小心翼翼，我的朝夕相伴。时间带来生命的礼物，看过夏夜的星空，踩过秋天的落叶，感受冬日的暖阳，淋过来年的第一场春雨，她就长成了一朵小小的花。我呵护她，见证她的成长，同时仿佛借着她回忆我的婴儿期，慢慢地把最初懵懂的人生重走一遍。怀着这样的心情，觉得很幸福，变得很有耐心。也是在这样一日日的陪伴中，发现成长的每一步原来并没有明确的钟点，一切都是在不经意间发生的。何时睁开眼，何时张开小手，何时俯卧抬头，何时翻身，何时坐稳，何时独立行走……等我发现并惊呼时，也许已经滞后。时间点点滴滴流逝，小小的身体已经酝酿了很久，等在某一刻发生质的飞跃。

成长是惊喜。

很多时候，当用文字难以完整准确地表达心中所想时，未免懊恼。但发现很难记录成长的惊喜时，却释然。最难记录的是生命，最难规划的也是生命。孙杨是榜样，也是奇迹。

俄国诗人莱蒙托夫写道："一只船孤独地航行在海上，它既不寻求幸福，也不逃避幸福，它只是向前航行，底下是沉静碧蓝的大海，而头上是金色的太阳！"生命最初是新鲜活泼的，如潺潺溪流，一路向前，时时轻快地溅起水花。我们用笔尖记录，为孩子保存一份私人档案，多少年过去，泛黄

　　　　　　　　　　　　　　　　心田种字

的记录也许会让我们会心一笑。但真正回想起来，能留在心底的还是种种刻骨的感受。这感受是牵绊我们一生的密码，静静地藏在母亲心底，是要在某个月夜，万籁俱寂时，才能拿出来讲的悄悄话。

冰心在散文集《寄小读者》中谈到母亲为她讲述小时候发生的种种事情的情景，句句平常，却带给她惊心动魄的感触。人生路走了很远，内心慌乱过，深夜痛哭过，拥有过碧蓝大海样的沉静和金色太阳般的激情，然后不寻求，不逃避，也许才能看到自己内心的成长，明白种种记录背后没有说出来的五味杂陈。

（原载《河南日报》2012年9月16日）

搬　　家

　　9年前初到郑州工作，人生地不熟，托亲戚帮忙在附近的都市村庄租了套一居室的房子。房子带卫生间和厨房，陈设简单，只有一张床和一张桌子，里面倒也干净。我从附近商店买了些日用品，很快就住下了。

　　都市村庄环境嘈杂，租住人员变更很快，幸而房东夫妇整日在家镇守，下雨天帮忙收衣服，忘了关煤气及时提醒，下夜班很晚回去也能随时开门。加上周围小店铺林立，生活方便，渐渐地觉得很舒适，竟生出一点家的感觉。

　　第二年，小屋里添置了冰箱、空调、小沙发，在我的布置下，日渐温馨舒适。休息时，我躲在屋里看书、上网，偶尔动手做点好吃的饭菜，生活过得有滋有味。

　　但不知哪天起，房东开始在院子里掘地挖沟，我每日出出进进都得跳着脚。不久，房前就盖起了一幢四层砖楼，大家纷纷埋怨屋里黑洞洞的。我住在5楼，光线虽没被遮住，心里却是堵得慌。

曾有朋友说我住的地方是贫民窟，这之前，我只是一笑而过，想自己也不是什么达官贵人，房租便宜就好。但那时，却感到黯然，决定搬家了。

找了很久，都是房子太大，一个人住房租太贵，一时又找不来合租人。某天，在网上发现一个出租信息，离单位不远。去看房，扑面而来的是惊喜：两室一厅的房子，光线充足，干净透亮，地板是原木色的复合地板，门是白色的木门，家具电器都很齐全，竟然还有一个像模像样的衣帽间，六门大衣柜，一面墙的镜子。房租800元，在当时算是不菲，但我还是毫不犹豫地决定租下。

房东大姐说，这是她刚结婚时住的房子，有孩子后搬去和父母住了。她有点舍不得，怕被弄得脏乱，看我一个女孩子，才愿意出租。后来，和房东大姐熟了，才知道她是个文学爱好者，平日里舞文弄墨，年轻时还在报刊上发表过作品呢。

因为是单位家属院，周围很清静，我安心地住着，开始一段自由自在的单身美好生活。那年春节，我真正像个成年人一样，首次邀一家人聚在郑州，热热闹闹过了个年。元宵节，和父母步行到东区看烟火，我们脸上写着幸福和憧憬。我站在CBD对父亲说，这是我理想中城市的模样，如果能住在这里，多好！

第二年，等到结婚要搬离租住的小屋时，我有点恋恋不舍。婚礼那天，出大门时，和我已经熟稔的门卫故意拦着不让走，要糖要烟，一脸感慨。房东大姐说，屋里的气球彩带都留着吧，让我们也沾点喜气。

搬进自己买的二手房，两个人组成新家，我的一大车行李和他的数箱东西堆在一起，收拾了很久才见眉目。小区树木葱茏，环境优美，日子是崭新的，心里也是美的。有了结实的落脚处，这才觉得自己是这个城市的一分子了。

2011年春节，姐姐一家从北京回来，我们又聚在郑东新区的新房子里过年。父亲看着结实的大书桌筹划着闲下来后练习书法；妈妈在宽敞的厨房里施展身手；姐姐啧啧地称羡房子大，说她在北京花200多万元买的房子还不及这个面积的一半。

记得有次看到权威媒体发布的女性幸福感城市排名，郑州位居第二，仅次于杭州。母亲深以为然，她说，不管搬到哪个小区，生活都很方便，认识不认识的人都能说上话，都愿意攀谈，感觉踏实亲切。母亲不是河南人，但多年的生活，早已让她爱上了这里。相识多年的好友也装修了新房，过上了平日城中，周末郊外的生活。她说，这么些年，从来没有像现在这样觉得安稳幸福。

闲暇时，我们一家人在小区周围闲逛，道路开阔，高楼林立，绿化带的树木郁郁葱葱，不少建筑还在施工中，一派欣欣向荣的景象。想起那年元宵节的话语，感慨万千。

（原载《河南日报》2012年9月21日）

　　　　　　　　　　　　　　　　　　　心田种字

寻找记忆中的"暗店街"

记忆、身份、历史,这是诺贝尔文学奖获得者帕特里克·莫迪亚诺作品的三个关键词。诺贝尔文学奖评委在其授奖词中写道,其作品"唤醒了对最不可捉摸的人类命运的记忆"。

在莫迪亚诺小说中寻找记忆的轨迹,我也努力寻找我的阅读记忆。

"长安城里的一切已经结束。一切都无可挽回地走向庸俗。"这是王小波的长篇小说《万寿寺》中的最后一句话。二十岁时,我读到这本书,至今记得这句话饱含的悲凉心绪和带给我的触动。至于书中的故事,已经忘得差不多了。直到9日晚,看到诺贝尔文学奖花落帕特里克·莫迪亚诺的消息,我的记忆忽然回来了。

没错,就是小说《暗店街》。

王小波在《万寿寺》中数次提到这本书,从小说开头的

第一句话"莫迪亚诺在《暗店街》里写道:'我的过去一片朦胧……'"到失去记忆的主人公走在充满雾气、灰蒙蒙的城市中,把那个世界上唯一属于他的东西——莫迪亚诺的小说《暗店街》,留在了医院里,作者时刻在提醒我们,对记忆的寻找是小说中要探讨的问题。

由此,我和那个年代诸多的文艺青年一样,记住了莫迪亚诺。

那年,在大学图书馆光线暗淡的悠长走廊里,我找了很久,终于看到上海译林出版社王文融先生的译本。已经忘了是怎样读完的,模模糊糊地记得有一种心惊肉跳的感觉,读到最后,只觉得寂寞。

《暗店街》中,主人公数年前偷越边境时遭遇劫难,受到极度刺激后丧失了记忆。他当上了私人侦探,开始用探案技术,在茫茫人海中调查自己的身世和来历。

书中47个章节,表面上看是按时间顺序推进的叙事方式,但随着寻找过程的深入,展现出来的却是越来越久远的生命片段。而且,当他站在此刻努力寻找自己的真实身份时,站在另一个时空的自己却正努力隐藏真实身份。那是二战期间德军占领下的法国,他时时恐惧被逮捕、被送进集中营。他试图带着爱人一起跨越边境,逃离法国,结果却遭人欺骗。他与爱人被遗弃在白雪覆盖的荒山中,虽然他最终侥幸活了下来,但爱人就此音讯全无、生死不明。

小说的结尾留下这么一段话:

　　　　　　　　　　　　　　　　　　心田种字

黄昏时分，一个小姑娘和母亲从海滩回家。她无缘无故地哭着，她不过想再玩一会儿。她走远了，她已经拐过街角。我们的生命不是和这种孩子的悲伤一样，迅速地消逝在夜色中吗？

　　是的，我们每个人都有一段记忆，那些记忆中的往事或清晰，或模糊，或随风飘逝，我们大抵没有在意，自顾自地往前走着，以为人生很长，未来美好。却有那么一个人，苦苦地寻找自己的真实身份，试图从茫茫人海中，从别人的记忆橱柜里寻找过往的生命故事，这注定是一段苍凉的旅程。

　　　　　　　　　（原载《河南日报》2014年10月16日）

因为路过你的路

隔了一个多月，再见到堂弟时，发现他的神情变得沉静了。我本以为他应该是垂头丧气的，他今年高考失利，成绩连三本线都没有达到，前途一时渺茫；或者他会装出一副满不在乎的表情，大谈好男儿志在四方之类的话安慰自己。但都不是，他似乎完全接受了现实。高考成绩出来后，他默默地听从家人的建议，去一家远房亲戚开的饭店当服务员。

半个月过去，问他累不累，他说很辛苦，每天要站11个小时，要手脚勤快，要善于察言观色，要应付醉酒客人的种种无理要求，更要适应饿着肚子干活的节奏。每天晚上下班回到家已近凌晨。然而，一有空，他就拿出饭店发的小册子，说是要定期考试，考过了每个月多发200块钱工资。他已经真切地知道挣钱的不易。他也冷静地分析自己今后的打算，先读大专，学一门技术，毕业后找一份工作积累经验，然后自己创业。

堂弟的话让我感叹不已。原来生活自会让人成长。

他是一个养尊处优的孩子，虽然家境不是特别富裕，但也从不曾为生计操心。他和身边的同学一样，喜欢旅行，热衷电子产品，对流行音乐耳熟能详。他不屑于父母的唠叨，他仰望星空，以为人生永远晴天丽日，偶有阴霾，也无非是青春期的迷茫和闲愁。他一心要离开郑州这座生活多年的城市，到很远的地方去读大学。但他并没有付出相应的努力，总觉得差不多了，不需要下太大功夫，只要心态放松，就能考个不错的成绩。然而，现实终究是，一分耕耘一分收获。

的确，很多谚语听起来似乎是老生常谈，但那都是时间之光淬炼出来的精华，是一辈辈人在岁月的风霜里摸爬滚打得出来的真理。初时，我们不懂，也不屑一顾，终于有一天，也许只是某个不经意的时刻，心里咯噔一下，或者禁不住"呀"的一声叫了出来，从此以后，你跟以前的你有些许的不同了，你也并不急着去找谁倾诉，因为那是属于你一个人的生命密码，何其珍贵！

一个朋友，某次喝了酒，忽然感慨地说，自己到四十岁才真正理解父亲当年说过的那些话。让他更觉得不可思议的是，如今的他为人处世越来越像父亲，像那个自己当初一心想反叛、想远离的父亲。

想起美国剧作家尤金·奥尼尔的《进入黑夜的漫长旅程》，这位曾获诺贝尔文学奖的剧作家在剧本中表达了他对人生的深思。剧本中，一家四口，每个人都有过梦想，都因为这样那样的原因无法实现，他们怀揣各自的痛苦挣扎着，既互相指责，又互相寻求慰藉，没有人敢面对现实。黑夜越来越黑，爱和希望如迷雾般飘散在四周，但从未消失。就像女主角玛丽说的："我缺少了一样要紧的东西，我记得没有丢失以前从来不感到孤独，也从来不觉得害怕，我不能永远失去它。如果这样，我宁愿去死，因为那时就没有希望。"

或许人生的每一个阶段都会遭遇这样那样的不如意，仿佛一直在黑夜和黎明之间穿梭。有时候，穿过黑夜的过程很漫长，长到你以为熬不过去了，但因为有过那样的阶段，你才会有机会与自己的灵魂对话，才会重新审视人生。那时，我们也许会惊觉，原来有那么多人"路过你的路，苦过你的苦"。

对十八岁的堂弟来说，生活之路才刚开始，一切都来得及，来得及失败，来得及思索，来得及反省，来得及面对，来得及成为崭新的自己。

其实，就算到了耄耋之年又如何？

老之将至的时候，忽然发现内心还有一团巨大的迷雾未曾拨散，一个声音在耳边低诉：来不及了；另一个声音在心里响起：赶紧，赶紧。那是需要和生命赛跑的时刻，那是必须直面的焦灼感。

大半生的时间，齐邦媛都在读书、教书。将近八十岁的时候，她想到还不曾为自己生身的故乡和曾为保卫故土浴血奋战的父辈写过一篇记录。她亲历了艰苦卓绝的八年全民族抗战，忘不了殉国者的鲜血和流亡者的热泪，那些人的身影和声音伴随她由青年、中年，一起步入老年。她似乎一直在逃避，直到某个时刻，忽然惊觉，不能不说那些人的故事就离开这个世界。

八十五岁时，多病的她完成了"惆怅之书"《巨流河》，笔力缜密通透，文字深情内敛。这本书的出版成为年度盛事。

都来得及。孔子说："朝闻道，夕死可矣。"

对于杨绛来说，"一切快乐的享受都属于精神"。一百零三岁了，还笔耕不辍，创作完成《洗澡之后》。她如一棵翠竹，不停地拔节向上，从未停止成长。

她的一生经历了太多的波澜，都化为内心的淡定和从容。《巨流河》最后一句话是："一切归于永恒的平静。"

万物静默，历史无言。想象那些过往的人和事都静立在生命河流的对岸，我们所经历的波澜，我们曾有的喜怒哀乐，我们无处诉说的苦闷，我们深藏心底的梦想，他们都曾拥有过，经历过。某年某月的某一天，和他们不期然地相遇了，我们感到深深的安慰，孤独的感觉一扫而光。

你知道，那是关于生命的开阔和慈悲，那是只属于精神的享受。

（原载《河南日报》2014年7月27日）

当时的月亮

一

那晚，秋空明净，遥望一轮皓月，我们情不自禁发出一声声慨叹。

彼时，我和剑冰老师、乔叶老师挤在出租车后座，温厚的潘松安先生坐在副驾驶位置。

要去哪里，去见谁呢？

夜已深。刚刚在瓦库成都店吃过晚餐，舌尖上还留着那道空灵罗汉斋淡淡的清香味，喝了点黄酒，微微的醉意。

车行了很久，像是穿越了大半个城市。

终于，看到一排排木窗雕花、挑檐垂柱的中式建筑，一楼商铺大抵闭店了，也许是道路两旁树木蓊郁的缘故，灯光暗暗的。

一个女子就站在街角处的暗影里。

心田种字

我还是一眼看到了她，叫道：娟！她欢喜地迎过来，手里提着四个点心袋子，一一分给我们，笑着说：这是成都很有名气的宫廷桃酥，我刚排队买的，你们尝尝。

五个人前前后后，踩着青石板路，慢悠悠地逛着。街上很安静，一颗心也似乎安静下来。

二

想起日间，从郑州飞抵成都，正午十分，在瓦库见到牛放、蒋蓝等成都文学界的朋友。川豫两地名家相聚，谈地域文化，论文学创作，气氛热烈的一席谈中时有智慧火花飞溅。

一抬头，看到小青瓦。

它们似乎睡足了午觉，在茶香袅袅里醒来，微笑着，面容柔和。

怎么中原质朴厚实的瓦，到了天府之国，竟平添了几分翩然优雅的风度！

手拿一片瓦，心咚咚地急跳起来，颤抖着，歪歪斜斜地写下：听见瓦的心跳，它在呼唤我！

它呼唤我，从紧张疲惫的状态离开，到一方清凉幽雅的世界来，哪怕只是浮生半日闲。

它呼唤我，从眼前的琐屑芜杂抬头，与光影中的浮尘交换心事，哪怕只是讲给自己听。

它呼唤我，从冷漠麻木的惯性逃逸，看见青箬笠绿蓑衣的诗意，哪怕只是田园的幻梦。

或许，它只是知道我们在人潮中孤独地行走，带着对所谓亲密无间的疑惑，带着对所谓肝胆相照的失望，它唤我来！

或许，它只是知道我们在欢声笑语中硬撑着，带着对生活不过如此的喟叹，带着对你还能怎么样的无奈，它唤我来！

或许，它只是知道我们在心底藏着一份渴望，带着对乡村生活最初的惦念，带着对生命底色频频的回望，它唤我来！

三

和娟挽着胳膊慢慢走，听她断断续续地讲自己这一两年的经历。

因为承受不了越来越大的压力，她辞掉了让很多人羡慕的媒体工作。身体不好也是原因，一年中做了两次手术。

淡淡的话语间，我听得惊心动魄。我们算不得多么熟悉的朋友，只是在采风活动中同行，谈天说地，甚是欢畅。分别后，在微信朋友圈里偶然瞥见彼此的日常分享，也没有热烈的互动。

只是，都还记着有这么一个远方的友人。

我到成都，发短信给她，她迅速地回：来看看我这个下岗妇女吧！

人到中年，放弃、中断、离开，无论是工作、婚姻还是一种生活状态，都需要无比的决心吧，那也许是痛楚，也许

　　　　　　　　　　　　　　　心田种字

是痛快，但痛过之后会有释然和轻松。

她依旧爽朗开心，清亮的眼睛，明媚的笑容，像是一阵温柔的风，能抚慰所有跌宕的心。

我们就这样走着，直到看见文殊坊高大的牌楼。挥手说再见时，心里总觉得忘了些什么，是什么，终归也没想起来。

四

那个夜晚似乎无限漫长，返回的路上，不知谁先提议 K 歌，大家都响应着。

嗓音似乎有种神奇的魔力，当你开口，它便不属于你，它独自在夜空中盘旋、飞翔，另一个世界打开了。

于是，那个嗓音甜美清脆的乔叶不见了，取而代之是田震般的低沉、磁性，绵密厚实，带着内敛的深情，像是瓦的吟唱！

于是，那个爱笑的略显疲惫的潘松安不见了，取而代之的是一颗心还留在青春岁月里的大男孩，带着一份温暖，几许惆怅。

像是奇迹般，从来缄默的王剑冰先生也拿起了话筒，天边飘过故乡的云，那声音悠悠、颤颤，丝弦般，竟弹奏出江南的烟雨和诗意。

是的，烟雨和诗意！

即便在这遍地都是茶馆的成都，当我们走过繁华的街区，走过熙熙攘攘的人群，走过散落着瓜子壳的茶摊，走过芭蕉叶掩隐的铁像寺，我们依然渴望有一个地方，存放心底的烟雨和诗意。

那或许是一份淡如水的友情，或许是虽天涯之遥却时在念中的牵挂，又或许只是一个记忆中那样的夜，那样的月！

（原载《河南日报》2017年5月24日）

心田种字

当你老了

宜兴，微雨夜，竹林掩隐中的茶吧。四个人面对面坐着聊天。

不知怎的，朋友丹琨说起一些关于父母的往事。

20多年前，她结婚不久，碰巧单位分房，只要几万块钱就可以购买。但当时他俩全部的积蓄还不到1万元，在北京也没有可以开口借钱的朋友。本想就这样算了，远在山东的父母知道后，说我们帮你想办法。她在心里叹息，父母能有什么办法可想呢？即便临时凑，也需要好几天时间。单位可是要求两天内就交钱的。

那是个冬天，下了大雪。清晨，天不亮，她就听到了敲门声，是父亲和母亲。他们从聊城坐了一夜的火车赶到北京。

父亲脱下厚厚的外套，腰里缠了一圈又一圈的布袋，取下来，6万元人民币包裹得严严实实。她当时眼泪就下来了。那种震撼和感动，一直埋在心底。

后来，时光飞逝，父母年纪大了，也有了大把的闲暇。

她想，父亲没有坐过飞机，不如让他和母亲一起乘飞机旅游吧。

父亲一直说不行，不行，始终犹豫着，终于拗不过，坐上了去海南的飞机。

一切看起来都很好。飞机滑翔，加速，起飞，蓦地冲向高空，父亲脸色煞白，闭上了眼睛。

不过几分钟的慌乱，却好似一生一世。

飞机稳稳地在云端穿行，母亲看着窗外，忽然说，我们这是在天堂吧。

就是这一句话，父亲竟然笑了。

幸运地，一场惊险就这样被化解。她也终于明白，父亲的"恐高"究竟是怎么一回事。再也不敢，再也不要勉强父母做他们不想做的事。

沉默。窗外，灯光掩映下，月色有些暗淡。

我在想，多少次，我们都心安理得地接受父母的全心付出；多少次，我们又在以爱父母的名义勉强他们按自己的心意行事。

也许，非要等到自己当了父母，才明白那份心情；非得等到自己老了，才明白老了是怎么一回事，究竟想怎样度过每一天的时光，安放瞬息变化的心情。

其实，也到差不多的时候了。皱纹爬上眼角，染过的头发怎么看都不那么自然，脚步日渐慢下来，心事被深深地沉

　　　　　　　　　　　心田种字

淀，喜怒哀乐都掩饰得很好。

很自然地就谈到老了以后的事情。那天，我们都有很多感触，因为此前去了当地一家叫九如城的养老院。

一切都跟想象的不太一样。

像是一家医院，完备的医疗设施，但没有病人，一个也没有看到。闲坐的医生招呼我们去体验一下某个设备，我摇摇头。他看出我的疑惑，说这里的老人都有一份健康档案，提前就安排好了检查项目，不需要等待，也不用担心时间会冲突。

像是一所幼儿园。到楼上，看到养护院的海报板上写着今日安排：上午9点，早操，听"小何说新闻"；11点，午餐；12点，午休；14:00，趣味图画；15:00，下午茶；16:30，自由活动。还有一张表格，写着每周社区活动计划，在固定的时间安排有歌曲赏析、手工制作、读书会、棋牌、联谊会等活动。看到老人们的手工制作、剪纸、拼布，还有盆栽，就像在幼儿园看到孩子们的作品。玩具也和孩子们的拼插玩具一样，用来锻炼记忆力和识别力。

像是电影里的某一个画面，一间间雅致甚至有些华丽的公寓，一张张笑脸，会发生多少温暖的故事。

像是一家时间银行。把时间存储进去，为别人付出，同时支取等量的爱心服务。

在这个文化积淀深厚的江南古城，山林野趣，流泉沟壑间，有这样一方天地，不禁让人想起韦庄"游人只合江南老"的诗句。

但她说，这里固然好，我并不想，也不太想让父母住进这样的地方，我所想的只是建一座小小的养老院，和一群志趣相投的朋友在一起，慢慢老去。

我捧着暖暖的泡着红茶的玻璃杯，笑了。生命的最初和最后，因为本质上的孤独，我们都渴望朋友，所以需要群居，且是在美丽的地方群居。

在某一天还没有到来的时候，都在随意畅想。或者回老家重返田园生活，或者到风光旖旎的江南，或者去温暖的三亚海滨，或者往更遥远的异国他乡去。

究竟怎样才是安顿老去时光的最好方式？

想起在不久前的一个聚会上，八十五岁的作家南丁先生站起身，不紧不慢地，唱起《当你老了》：

当你老了

头发白了

睡意昏沉

当你老了

走不动了

炉火旁打盹

回忆青春

…………

这首歌听过很多个版本，那一次，却是空前绝后。是一种怎样的感觉？仿佛积雪的岩石上飘落纯白的云朵；仿佛黛青的湖面掠过羽翼翠绿的鸟儿；仿佛大片的枫林上拂动红色的纱巾……

不看歌词，不需要伴奏，眼神温和而笃定，带着笑意，是对命运的胜券在握。

写作和歌唱是他与时间和谐相处的方式。

写作是在回忆，梳理往事，让人生日渐清晰。衰老不可怕，时间飞逝不可怕，因为一切都被记下来了，这本身已成为历史。就如阿根廷作家博尔赫斯说的，我写作，不是为了扬名，也不是为了特定的读者，是为了时光流逝使我心安。

歌唱是一种愉悦身心的方式，他的气息均匀，浑厚，走过大江大河，看过山峦峰巅，不惊不惧，稳稳的，如沐春风。

那夜，在宜园行走，一直闻到一股细细幽幽的香味。后来，走出茶吧，蓦然看到一棵开着白花的树，才明白香气来自何处。主人说，它叫香橼。

缘聚缘散，香气不散，生命的烛光不灭。

（原载《河南日报》2016年6月22日）

如 梦 令

一

她问我，你还记得那张照片吗？

心一沉。

我知道袁曼说的是哪张。

那时，我们手里还握着青春的影子。几个省会的女记者女编辑，有这样那样的采访机会聚在一起。倘若是去外地，行程安排又不紧张，心里便生出结伴出游的快乐。这快乐像一份小秘密，在我们相视一笑的瞬间，升腾，弥散；在我们挽着胳膊在街上闲逛的时刻，化作实实在在的礼物，我们馈赠彼此，珍视并收藏。

那是初夏的一个午后，我和袁曼、小梦等乘坐一辆别克商务车去安阳看一场新排演的戏曲。一路上开心地说笑，一向爽朗热情的袁曼说起她和爱人相识相恋的故事，有点欢喜

　　　　　　　　　　　　心田种字

冤家的感觉。听着其中分分合合的趣事，一车人笑得前仰后合。

戏很好看，取自《三娘教子》的老故事，改编自清代戏剧家李渔的《无声戏》。也许是因为曾学过戏剧戏曲学的缘故，我总记得这些，虽然大多时候，我总是把这并不精通的学识隐藏起来，其实也真没什么好说的。不会唱，不懂舞台调度，只是在心里残存了一些古典美学的意境，仅此，又有什么资格说自己学过。也许只有这出戏的编剧石先生，大半生孜孜以求，执着弘扬新古典主义，才敢说出自己的痴迷。他写的唱词尤其好，颇耐品味。那个晚上，我们都看得感动落泪，在荡气回肠的唱腔里，似乎读懂了一个女人的含辛茹苦。

只是似乎。真要等有了孩子，才算是女人，才算真懂得。

那时，我们自己还像孩子。生活的大幕远远没有拉开，背后会有什么样的戏剧，我们都不知道。有的，只是幻想和憧憬。

看完戏，我们便去逛街。街市繁华、热闹，走过书画古玩店，我们一头扎进衣饰、鞋包的世界。

我拉着小梦的手，随意聊着，就说到了感情。我不记得我有没有谈到自己，那时似乎也没有什么像样的故事可与人分享，不过是一个人也能自得其乐的心境。让我印象深刻的是小梦的美丽，大眼睛，高鼻梁，瘦削的巴掌小脸，笑起来很灿烂。她个子不高，像个可爱的洋娃娃。我想，这样漂亮又活泼的女孩子，总该被人捧在掌心的。

她讲起男友，说他对她很好，只是他脾气很差，爱与人打架，还爱赌。我当时很惊讶，也许我接触的人里很少有爱打架的吧。总觉得，打架之类像是青涩少年的莽撞。她看出我的惊讶，还是笑着说下去。她似乎也有些犹豫，这段感情持续很多年，有过纠结，但不想放弃。我想，她终究还是不安的。

那次，我们好像还去了殷墟博物馆，留了影。那时，姑娘们都极用心打扮自己，衣服、鞋子、包的颜色一定要搭配，才肯出门。照片里，一派姹紫嫣红。

后来，也偶尔会在采访时相见。有次说到电影，小梦提到法国导演特吕弗的《爱女人的男人》，我们笑着谈论了一阵子。

两年后，我结婚时，问她能否做伴娘，她说不太方便。

后来，她也结婚了，很快有了孩子。记者工作也精彩地继续着。

数年后，在我刚做了母亲，孩子还未满月的时候，关于她的噩耗却忽然传来。此后的那些夜晚，我辗转难眠，反反复复回想她的样子，纵然有些任性却总是娇俏的脸庞，无论如何想象不出她被至爱的人杀害时的样子。其实也不敢去想。所谓爱，有时候比死还冷。

其中的曲曲折折，大概是外人永远也弄不明白的。

总还有人断断续续地提起这轰动全城的事件，我保持沉默。

可能也不尽是命运之手的翻转，很多事情一早就有了端倪，只是我们看不见。大多时候，我们只是盲目地赶路，直到撞上什么，嘭地一下头破血流，才知道没有回头路。

有时还有痛定思痛，幡然悔悟的机会；有时，人生就此画上休止符。

二

林静去了美国，我是知道的。

袁曼忽然说，你还记得吗，当时是打算把那位男士介绍给你的，你那天恰好没空，林静就去了，没想到两人就成了。她就嫁到美国去了。

我愕然。有这回事儿？在我的记忆里没有留下任何痕迹。

记忆是从那时开始的。应该是那年的3月初，天气乍暖还寒。那一天，袁曼穿着明黄色的薄开衫，站在奥斯卡电影大世界的门口，一见到我们，就埋怨说：怎么你们都不看天气预报的，今天28度知道吗？你们还穿这么厚！我和林静看着各自身上厚厚的外套，不好意思地笑了。

那时，逛一天商场也不觉累，买了很多衣服仍为穿什么发愁，发型也根据心情不停变化，不像现在，终于知道自己适合什么，喜欢什么，极少逛街，固定的两三家店铺，怎么买都不会错，发型也是不变的黑直长发。

那天我们看了什么电影呢，记不得了。

那以后，夏天来临时，我还和林静去河北涿州等地探班，看摄制组拍电影。她说，小时候大家都说她长得丑，又黑又瘦，不如他弟弟，白白胖胖讨人喜欢。她那时爱穿短裤，略黑很瘦，但五官轮廓分明，已是一个美丽的女子了。

我倒记得袁曼说起给林静介绍男朋友的事。那时，袁曼自己也忙得很，几经波折，生了儿子。满月酒那天，她说，林静和男朋友进展顺利。

那中间，有一次在电视上看到林静，参加颁奖晚会，穿着长裙，很淑女的样子。

后来，袁曼说，林静怀孕了，不幸是葡萄胎。

之后，我和袁曼忙着各自的事情，我带女儿，忙工作，她又接着生了一个可爱的女儿，没有人帮她，她全身心都扑在孩子身上，我们见面的机会也很少了。

这次见面，袁曼在她家七楼的大露台上准备了咖啡，点心。孩子们在旁边嬉戏玩耍。我们两个都是热情直爽的性格，一见面就聊个不停。说到林静，她说，林静得了癌症，妇科方面的，不过幸运的是经过化疗，病情稳定了。

林静始终也没能生子，不知道这是不是她患病的原因之一。我们叹息着，说如果没有去美国的话，事情会不会是另外的样子。

我想，即便在同一个城市，我们也各自陷在生活里，咫尺天涯般。何况，远方很远，更不知如何。

心田种字

三

那一年，我们初见，都是在2006年。不过几年间，一切就都尘埃落定了。

后来，花儿们在风中飘散，各自零落。

有一天，我在新郑采访时竟然遇见了杨伟，她成了驻站记者，担任着不大不小的职务。我认出了她的样子，却始终不敢叫她名片上的名字。那名字很女性化，柔柔的。杨伟说，当年人家都嘲笑我，索性改了名字。

我深深理解。但隔着数年的距离，我一时回不过神，再也找不到曾经的亲切感。那时，在涿州电影基地，她对我和林静说，她想要孩子，但一直在犹豫，还开玩笑地和老公说：我们要不要再各自选择一下。

后来，她还是沿着既定的路走了下去，当了妈妈。她高大爽利，但凡有雾霾，她也能拨云见日。但在餐桌上重逢，我们互相什么也没问，也没有那样的气氛。

我们只谈工作。我们挥手告别。

如今，我们也是中年人了。倘若运气够好，会一直活到很老。

（原载《牡丹》2018年第5期）

樱　花　落

一

我们走远了，回头。她仍站在原地，低着头，揉眼睛，她哭了。

那时，我还没有尝过哭泣的滋味。还没有人能真正伤害到我，不曾为哪个男人哭泣过，没有为得不到的感情伤心过，没有经历爱与不爱的纠缠，没有焦灼，没有不安。

我们刚进大学，四个女孩子分在一个宿舍。最初，一起吃饭，一起上课；同时睡觉，同时起床。大约几周后，我有点倦了。

大概我生性如此，不喜欢黏稠的亲密关系，不像其他女孩子，总是扎堆结伴，连上厕所都要牵着手。在她们围在一起叽叽咕咕说悄悄话的时候，我常常一个人走开。我喜欢独自待着，看天空的蓝，看云朵的白，看树木的绿，看光影如

心田种字

何在这蓝，这白，这绿中穿梭变幻。然后，思绪就飞得很远。未来是一片模糊的，但似乎镶着金边。我享受着这份懵懂，我认定其中属于我的那份一定灿烂美好。

我首先开口了：不如我们各自行动吧。除了上课下课一起，其他时间各自安排好，反正也熟悉学校环境了。高慧和白荷表示同意。小樱没有说话，我们都以为她也同意了。我们四个同一年出生，她生月最大，又是武汉本地人，我们想当然以为她应该更独立。我记得刚到宿舍住下时，因为桌子抽屉里塞了一个大大的曲奇饼盒，怎么也拉不开。她柔声说着，不着急，我来看看。她果真有办法。那以后，我对她格外信任。

没想到，她哭得很伤心。她断断续续地说，原来我在我们班里是最小的，她们都照顾我，没想到在这儿竟然比你们都大。我不习惯一个人……

此前的约定顿时烟消云散。我们重新挽起手一起回宿舍。

那时只是在心里轻微地觉得诧异，但很快也就忘了。她是再温柔不过的女子，长长的秀发，笑起来很羞涩。学习很认真，成绩格外出色。兴趣也很广泛，影视戏剧之外，对动漫和体育赛事都很痴迷，似乎她唯一的烦恼就是腿粗，还有就是长得不够美。

不知道是不是因为这些，她很少主动和男生说话。平时除了上课就是窝在宿舍，一到周末，就从武昌直奔位于汉口的家。

她住在我的下铺，有时，会听到她的自言自语声和叹息声。有时，激烈一点，狠狠的，像是对谁有很深的怨。

但等你跟她说话，她从花布帐子里传出来的声音，仍然是温柔的，像不曾发生过任何事。你问她的心事，她总是笑着，什么也不说。

这些让我困惑，但不久也就习惯了。

下雨天，她躺在床上，用厚厚的毯子裹着腿。她有严重的风湿病，但凡天阴下雨，就不能在外面待着。

她说，那是小时候留下的病根儿。三岁时，父母因为工作忙，就把她送到寄宿幼儿园，一周才能回家一次。睡觉时不注意，就凉着了。

是了，我想，问题就在这里。

二

我总是独自背着书包去图书馆，去教室上自习。偌大的校园，是我的美丽新世界。这个世界正符合我的心意。虽然，上大学之前，我曾幻想着这是一个如《红楼梦》里大观园般的地方，等走了进去，才知道它的美，不在庭院深深，而在古意盎然的琉璃瓦房檐，在珞珈山上幽静无人的小径，在悠长的沾着桂花香味的陡坡和台阶，在唯美的带着樱花瓣的老斋舍，在月夜梅林中的孤寂石凳，在高大的枫叶树下抱着书本谈天说地的学子，在东湖水泛起的碧波，在走过侧船山路时那大片带着天然野趣的林子里的神秘和未知……

心田种字

是的，正是这份神秘深深吸引着我，我在各座园子里游荡，只是感受感受，只是幻想幻想。那些人生中真正的好日子啊！

那时，我不曾知道，四年后，我会对那份神秘失去兴趣。每日，面对着深绿浅绿交织的珞珈山，望着波澜不惊的东湖水，也会厌倦，也要逃离。于是，我开始想要恋爱了，不管是谁，一头扎进去。然后，沉沦，一去不返。

最先恋爱的是白荷。

一张白瓷娃娃脸，伶牙俐齿的她和清秀峻拔的他走在一起，颇为般配。她是单纯的富家女，生活自理能力差；他是穷人家的孩子，心思细密周全。他照顾她，她依赖他。整个班级42个学生，只有这两个人，看起来有最终走到一起的希望。

我记得有天夜里，白荷回来宿舍很晚，嘴上涂着口红，微醺的样子。她没有洗漱，直接爬到床上，大声喊着：我成熟了。

他俩一直相亲相爱着，直到读研究生二年级，一起去了法国留学。不知为何，一个在巴黎，一个在马赛。后来，也不知为何，就分开了。

毕业后，她留在巴黎，遇到一个简单的也没有什么钱的法国男孩，结婚生子，儿女双全。他不知何时回到国内，供职于北京一家媒体，就此在同学中间沉寂。

然后是高慧。

有一副好嗓子的她频频在学校各种活动中亮相，明星般耀眼。她很快也恋爱了，和班里一个爱写诗的同学。

　　然后很快又换了别人，然后又换了一个。她似乎从没有缺过男友，但也总不是称心如意的那个。

　　本科毕业，班里一半的同学读研究生，另一半就业。她顺利地找到工作，不是去她向往的北上广，而是到离她家不远的广西柳州做了一名公务员。

　　然后，很快就结婚了，有了一个女儿。

　　这真是出乎我的意料。我想，她的人生大概就此安稳幸福了吧。虽然，也有隐隐的不安。

　　我知道，她小时候，母亲曾在数年间离开她和父亲，另嫁他人。然后又回来。她读小学时曾被骂是没有妈的孩子。这些是她在受了委屈流泪时告诉我的。

　　我去过高慧在贵州的家，她的母亲曾是戏曲演员，人过中年仍然像牡丹花一样丰腴美丽。过往的伤痕看似已不存在。

　　10多年后的某一天，我们在上海静安寺嘉里购物中心约见。高慧和母亲一起来。她果然离婚了。上海才适合个性飞扬、不甘平庸的她。她说，离婚后有一次带年幼的女儿到上海玩，女儿说很喜欢那里。她当即就做了辞职移居上海决定。一向宠爱她的父母卖了老家的房子，跟着她来到上海，买房子，并带着家族的膏药秘方，重新创业。

　　那天，她和母亲在谈话里不时插入在上海近郊买厂房的话题，言语间是生机勃勃的，仿佛一切都刚刚开始，有无尽

　　　　　　　　　　　　　　　　　　心田种字

的财富和幸福在向她们招手。告别时，我们在整面墙都装饰着粉红色玫瑰花朵的背景前合影。因为是假花，所以没有凋零之忧。

记忆中，那一年，她带着我在贵州那个四面环山的小城里逛悠，我穿着苗族的红裙，她穿着白族彩裙，照片里的我们像姐妹花；我们还曾跟她父亲一起到荔波县去，走进龟背山的森林深处。那是初春三月，游人稀少，整个山谷仿佛只有我们两个人。我们靠着古老遒劲的树干，一脸的青春，却都很严肃，没有笑容。

三

小樱心里似乎一直惦记着一个人，大概是她高中时喜欢的某一个人，或者是她心里幻想出来的一个人。她喜欢他，同时满腔幽怨。

大学四年，她没有交男友，甚至连绯闻也没有。

最初两年，我们一起走过长长的斜坡路，在湖滨八舍和教室之间穿梭，一周60多节的课，总在奔走。校园里尽是这样崎岖的路，没有办法骑自行车，只能步行。有时在理学院上完世界历史，要立刻飞奔到四楼去上中国哲学，校方给我们这个带有实验性的文科班的定位似乎是培养研究型学者。我们在文学、历史、哲学之间穿梭往复，各种知识扑面而来，常常来不及消化，只能囫囵吞枣。

那时，当这些学问的盛宴被严肃博学的大家们精心烹制后，端到面前。我们反而不懂得珍惜。后来，想起那些如雷贯耳的名字，那些坦诚恳切的声音，想起自己竟然只是轻描淡写地路过，从不曾真正靠近，便觉遗憾。

也曾使劲儿啃读过黑格尔的《小逻辑》、康德的《纯粹理性批判》等，一知半解，就放下了。

读大三下半学期时，我们已经考过了英语四、六级，所学科目开始分流。我和小樱都选择了中文。那时我们的志向都是当老师。后来，不知怎么都进了媒体，大概是我们不善于坚持吧，又或者觉得都未尝不可。

大学毕业时，因为我们这个班特殊的政策，近一半同学都继续免试读研，所以并没有太多离别的伤感。那个暑假过后，再见小樱，却是眼前一亮。她变化很大，先是瘦了一圈，整个人显得清秀苗条，化了妆，面容精致。她下了很大的决心，要变得漂亮，也许是要开始谈恋爱了。她对于恋情仍然讳莫如深。很久后，才半遮半掩地透露那个人是做生意的，年龄也比我们大了不少。我为她高兴，似她这般内敛的女子由一个成熟的男人来照顾，也许会打开心扉吧。

直到硕士毕业，也没见过那个人。后来听说分开了。

我们各奔东西。忙着熟悉工作，适应社会。很少联络。

我曾数次梦见她。都是在街头相见，当我们说着什么的时候，她忽然纠结痛哭，转身就不见了。我怎么呼唤都找不到她，我也哭了。

　　　　　　　　　　　　　　　　　　　心田种字

我是在担心她吗？

她安安稳稳地待在武汉，跑的是热门的经济线口。她舒舒服服地待在汉阳敞亮的家里，和爸爸妈妈住在一起，有什么好担心的？她只是一直未婚而已。在当下，这也不是什么新鲜事。

微信朋友圈里，她忽然冒出来一两句不着边际的感慨。似乎迷恋的还是曾经的动漫，她大概一直停留在某个点，不愿长大，不曾走出。

但有一天，听说她去了四川，那是她的祖籍地。后来，她失踪了，所有人都没有她的音讯。

总想起那一年三月，樱花时节，我和白荷、小樱走在校园的樱花大道上。刚下了课，我们轻松自在地走着，聊着天，时不时抬头看看高大的樱花树上初绽的嫩白和轻粉。一阵风过，花瓣缓缓飘落，我们奔跑着欢呼着迎接，把柔柔的花瓣放在掌心，仿佛整个春天都是我们的……

（原载《牡丹》2018年第5期）

何 所 依

一

她看见他从长长的铁轨那边走过来，她慌忙转身逃走了。

夕阳落在她长长的辫子上，闪烁着金色的光芒。

她多么想见他，又是多么怕见他啊！

这个平原来的男子，浓眉大眼，阔脸高鼻，峻拔似春天萌绿的树，爽朗如夏日高原上的风。

她瞥见过他的模样，便再也忘不了。

当她知道二哥给她介绍的对象正是他时，她那颗狂喜的心怦怦地跳个不停。

她从小就是个野丫头，父母去世得早，大哥成家后，怕嫂子，一心扑在他的小家上。只有二哥，那么温和宽厚，处处照顾两个妹妹。家里穷，吃饭穿衣都是迫在眉睫的大问题，二哥也曾希望她进小学念书，但去了几天，她就坐不住了。

心田种字

她多喜欢家乡的平畴沃野啊。春天，青青麦苗有种独特的香味，她喜欢走在里面，拥一丛入怀，细细地闻，那是大地温柔的气息，是春天明媚的味道。她闻着，闻着，就走神了。秋天，那手掌般大的泛着明黄色光泽的土豆啊，她欢喜地把它们从泥土地扒出来，宝贝似的捧着，忍不住亲一下，憧憬着烤土豆的香味。还有那苹果园里，红得耀眼的苹果，宛若一颗颗红宝石泛着诱人的光泽。若干年后，她把红苹果从娘家千里迢迢带到中原，悄悄藏几个在衣箱里，时间久了，衣服上隐隐约约荡漾着苹果清新的香味，她觉得那是把故乡穿在了身上。

　　她只知道自己的家在塬上。哪个塬，她说不清楚。她更不知道这是世界上唯一的一块黄土高原，而她的家所在的董志塬，是陇东黄土高原之最。黄土层厚达200米以上，塬的面积达910平方公里。她当然更不知道古有"八百里秦川，不如董志塬边"之赞。她只是无拘无束地穿着一双破旧的布鞋整日在塬上疯跑，长长的麻花辫在风中乱飞。

　　她不知道未来会有什么样的命运等着她，他便是她的未来和命运。

　　这个身材高大的男子，浓眉大眼，英俊帅气，像塬上一棵春天的杨树。他开口，说出的话那么动听，仿佛有一种魔力，比村里最有学问的老师讲的话还有说服力。她不敢看他，觉得自己是只丑小鸭。

　　丑小鸭的春天来了。

那年她二十岁，往后的很多年月，她将不断地回味初见时的情景，靠那些甜蜜支撑自己度过漫长的寂寞。

二

她也许是他的救命稻草。

他对她说，再也不回中原了，家里成分不好，回去又会被关起来。

这是事实，听起来轻描淡写，内里却是血肉模糊的挣扎。

学业，前程，婚姻，都是一抹黑。往前一步是悬崖，退后一步是绝路。

已到而立之年，却无论如何是立不起来。还有三个年幼的弟弟。

只有逃出去，一次不成，两次。终于到这陕甘宁三省的交界处，遇到好人。靠测绘技术，在公路上谋得一份差事。

还有婚姻。

这是能选择的吗？早已没有选择的资格，不过是寻个栖身地。

那些文艺的梦，那些写过的诗，那些拉奏过的二胡曲，俱往矣。脑海里隐隐约约还会浮现那些花格窗，夕阳洒在窗棂上，映出一个读书人的身影——焚香，研墨，临帖。庭院深深，古槐幽幽，寂静无声。

那个人是他的爷爷，那时还做着县中学的校长。那是一生中最安然的时光，等到童年的懵懂化作少年的明朗，一切都已不再。

眼前的这个女子当然不是梦中娴雅端庄、知书达理的女子，她年轻、单纯、质朴，还有白皙，这就够了。

那时，他还不能领略她的倔强和执拗。那种纵然一无所有、所知甚少，依然骄傲、依然坚持自我的个性，是从哪里来的呢？

那一年多的时间，在借来的两间房屋里，虽然简陋，却也温馨。那是日为朝，月为暮，卿为朝朝暮暮的相守。

第二年，他们生下了一个白白胖胖又健康的男孩，真是天大的喜事。

那些日子，脾气火暴的他变得温和，经常哼唱着小曲，闲暇时抱着孩子在院子里转悠。他做得一手好菜，他当有足够的耐心照顾这母子俩。

如果日子可以一直这样下去，偶有波澜，大体顺遂，像一株庄稼一样，该生长时生长，该开花时开花，该结果时结果，该凋零时凋零，该有多好？

不久，小脚的母亲从千里之外赶来了。

三

他的母亲是什么样的人？

那时刚五十岁出头，个子不高，但身板硬朗，头发依然乌黑发亮，大大的眼睛纯净明澈，似闪烁着一种光芒。那光芒照到谁身上，谁都会觉得既温柔又熨帖，仿佛得了慈爱和悲悯，又有一种说不出来的力量，让你自持。待她开口，那声音不大不小，不绵软也不生硬，恰到好处。说出来的话，听着也像是老生常谈的道理，不过是温良恭俭让的劝诫，但就是中听，如细雨点点滴滴滋润到了你的心里。

她是个美人，美了一辈子。她出生在一个有着两千多年历史、商贾云集的大镇，年少时家境富裕，她的幼年少年青春时期，生活优渥。她的父亲是大资本家，家族的生意曾做到江南、上海一带。她是独生女，只有一个弟弟，还些许憨傻。父亲因而格外宠她，带她游历各处，让她读私塾，识文断字之外，学习画画。

她画形态各异的荷花，含苞绽放的，她在红润润的花苞上点上嫩绿；娇羞初绽的，柔柔玉肌中泛着红润；恣意绽放的，她添上绽放时的光影与风采；残落的荷瓣，绿色的莲蓬仍高高挺立。

她最得意的是一幅晨荷图。那日清晨，她坐在自家后院的荷塘边，看晨风吹拂下，荷叶卓然飘逸，舒展筋骨，一朵洁白的荷花已在不经意间绽放，旁边两朵含苞欲放，花蕾中孕育着灵动鲜活的生命。她看呆了，痴痴地画着。第一次，她觉得自己掌控了画笔，画出了那种生机盎然和超凡脱俗的感觉。

她自己就是那朵荷，从不叹息。

对她的四个儿子来说，她的缄默是最严厉的批评。

这样的一个小脚母亲，轻松地就把两个曾经发誓不回中原的人，带回到中原那个在时代风云中颠簸挣扎的小村子，带回到艰难的日子里，带到分分合合的处境里。

四

悲欢离合，几十年的光阴说起来不过这四个字。

我看见过悲。他听从了母亲的安排回到了中原，从塬上跟随他来中原的她，和邻居的女人们聊天，说着说着就抽泣起来。那情景并不常见，所以会深深地烙在我的脑海里。

她似乎说起，住在平原，常有种喘不过气的感觉。因为地势低，觉得闷。那时，她已经来平原十多年了，不可能还不习惯。那大概只是她无法表达的深切感受，只因为想家了。想念黄土高原上的风，想念在风中奔跑的感觉，想念年轻时的自由自在。那些年，她陷在沉重的生活里，家务活儿，地里活儿，一样也少不了她。

她白皙的脸庞已经变成黑黄色，她细嫩的手指变得粗壮，上面布满斑斑点点的伤疤。我把小手翘起来，玩抓子游戏的时候，她总是试着捋平弯曲的手指。然而手背是翘不起来的，五个小石子或塑料弹子放在她鼓起的手背上，总是还没等手背翻转过来，"子儿"就骨碌碌掉了下来。

她想逃离，但她无处可逃。

我看见过欢喜。临近春节，在外一年的他总是要回来的。她更忙碌了，把里里外外收拾得干干净净，然后和面，擀皮儿，包饺子，背影里透着喜悦，脚步声变得轻快起来。一个人的时候，偷偷抿着嘴笑。不知怎的，我并不喜欢那笑，觉得有点可怜，心里只觉得别扭。

　　他拎着大箱子从省城回来了。很多年，都是那个褐色的皮箱子，曾经很光鲜，后来摇摇欲裂。我远远地看见了他，坐在村头明堂叔的磨坊门口。那次似乎不是春节，我记忆中那明亮的阳光，带着初夏万物生长的恩泽。我不知怎的，觉得他看不到我，我转身走进玉米地里的一条小路。我想赶紧回家看一看，爸爸是不是真的要回来了。

　　等我走到家里，他已经先回了。我依然低着头，蚊子般大的声音，挤出一句，爸，你回来了。他开朗地笑着说，我刚才看见你放学回来，喊你，你没答应，不知道走哪里去了。我低着头也笑了，转身回屋，再没有多余的话。

　　后来，我们习惯于他的不在。他不在，她更自在。

　　她陪伴并送走了他的母亲，十年之后，她伺候并送走了他的父亲。

　　其间，她看着他的三个弟弟成长，或求学，或做生意，自立门户。

　　外来的她成了这个家里的最长久的守护者。

　　这个家成了她的家。

心田种字

五

这些年，她有了自己的朋友圈，一个从四川嫁过来的婶子，一个从贵州嫁过来的婶子，三个人有说不完的话题。

明芬婶子从四川嫁过来时，手里拉着一个女儿，怀里抱着一个儿子。我记得那时她身材高挑，眼睛里闪烁着一种愁绪，又有一种光芒，但爱笑，性格开朗。听说她前夫去世得早，为了孩子，只好改嫁给金贵叔。

那时，金贵叔也有两个孩子，一个儿子辉，一个女儿玲，都大了些，已经读中学了。明芬婶子嫁过来后，就很少见辉和玲了。他们和爷爷，一个单身的大伯住在一起，后来，他们早早就下学外出打工，也很快结婚生子了。

我很少去金贵叔家，路过他家门口也是快速经过。因为一口漆黑的棺材总在我眼前晃动。那一年，据说是金贵叔开着面包车带晓霞婶进城，出了车祸。车祸出得蹊跷，晓霞婶下车后，衣服一角被挂住了，金贵叔不知道，仍然往前开，晓霞婶被卷到车轮下。我是在大人们的议论声中略略知道了事情的经过。

那口棺材静静地放在金贵叔家的院子里，里面铺着黄色的衬布。我看到了那个用面团捏的人头，圆圆的厚实面团，人头模样。我知道，那是要放在棺材里的，放在晓霞婶子的身体上。车祸夺去了她的头颅，面目全非。

我就那样看着，那是我对于死亡的最初印象。

二十多年过去了，时间会抚平一切吗？

去年国庆节长假，我回去，金贵叔把我拉到他家，想让我用手机拍一下他家丰收的玉米，发到微信上宣传一下。一串串金黄的、饱满的玉米挂满了整面墙，煞是好看。他自豪地说，就咱们这儿的田园风光，一点也不比其他地方差，我的院子也可以做个农家乐呢。

我附和着，赞赏着，在大门口处拿出手机拍了几张，没有往他家屋里看，转身就走了。

这次回去，看到明芬婶子换了新发型。妈说，这是她儿子小亮结婚，她为了去北京参加婚礼，下狠心花了一百多块钱烫的。

小亮，对，当年抱在怀里的，如今长得又高又胖，学习成绩一直很好，先考到新疆读大学，然后又到北京读研究生，毕业后在中关村一家企业上班。明芬婶说起他一脸的自豪。

明芬婶发福了，前段时间回了一趟四川老家，却无论如何也没有办法适应。她说着带四川味的河南话，老家人听不大懂。她也不习惯四川人就着辣子大嚼的模样了。

从贵州嫁过来的云娥婶子，更是不习惯了吧。大海叔独自去深圳照料孙子了，她无论如何不肯去。那不是她的亲儿子和孙子，住在人家那儿总是拘谨。她宁可守着这个院子。虽然，这个院子也不是她的。

那些年，每隔一段时间，她都会莫名消失，谁也不知道她去了哪儿。大海叔最初还到处找她，后来索性不找了。年届花甲的人了，还找什么？要不了多久，她自己就回来了。

现在，她不走了。她头婚生的女儿们也大了，嫁到另外的村子，她也不用再为谁操心。她眼睛小，头发短，根根竖直，一脸的烦闷，总是需要我母亲不停地劝慰她。烦闷的是逃不开挣不脱的生活本身吧。

她们三个时常结伴去乡镇去城里逛，超市、商店、集市，她们骑着车子，开心地转悠，说着闲话。那对于她们，真是无比美好的时光。

六

七十五岁的他忽然从墙头摔下来了，正中头部，脑颅内出血，昏迷。

那天下着雨，她去街上买东西。他独自在家里，想拾掇一下厕所，不提防脚下一滑。

最先是邻居小黑叔发现的，赶紧打120，叫来二叔，送到县医院。

她给我们三兄妹打电话的时候，他已经在医院里了，拍了片子，等待结果。

那是暑期，我刚到信阳，打算在鸡公山住两宿，然后去郝堂村。听到消息，立刻又乘高铁返回。

所幸我们到的时候，他已经从昏迷中醒来。血还在慢慢渗透，整个眼圈都是紫红色的。他的头上身上插满了管子，一瓶接一瓶输液。腰椎摔伤了，骨折。心脏无碍。

两周时间，他一点点恢复。哥哥和堂弟晚上守在床前，我和姐姐白天轮流照顾，二叔早上会带来我母亲做的早餐，小米粥、菜馍。父亲吃得不多，因为头疼痛不止。中午，我买来的鸡汤馄饨，他还能吃一点。我坐在床边和他说话，故意说一些对未来的憧憬，让他高兴。

这些年，父女之间的交流更多的局限在学业、工作上，都是严肃的大事。打电话也是说完事就挂了，很少有生活细节的交流和问候。这个时候，却不得不说，该喝水了，该翻身了，该换吊瓶了，该小便了。我找到他腿上的足三里穴位，反反复复揉捏，怕他躺着不消化。

这么亲密的接触太少了，但对我也是自然而然，没有任何的别扭。我知道等他身体恢复了，就又要开始疏远了。父亲不习惯，却也接受着，从来都是他照顾别人。

在我的记忆中，爷爷中风过一次，父亲很镇定地打理各项琐事，最后还逼着爷爷手握圆盘锻炼，直到完全恢复。

然后是奶奶出车祸，腿部骨折。到郑州治疗，他事无巨细，样样安排妥当。

最后一次是爷爷腿部骨折。那时，奶奶已去世，爷爷也八十多岁了。父亲坚持让他做手术，用最好的药，最后恢复得很好。

母亲第二天中午才来医院，和明芬婶子一起，坐了一会儿，看没什么事儿就走了。

她把自己的担忧化作抱怨和唠叨，一边厌烦，一边假装无所谓。

十天后，我们在医院旁边的宾馆租住下来，哥哥将武汉的工作搁在一边，悉心地照顾父亲。二十天后，父亲出院。

我们相继离开，留下母亲独自照顾父亲。

她无可奈何，无可逃脱。

磨合了大半辈子，两个人仍顽固地坚持着各自的习惯。多少年之后，她的口味依然很重，嗜咸嗜辣。他的口味依然很淡，少盐没醋。于是，他们还在抱怨，还在争执。

一个住在东厢房，一个住在西卧室。两个熟悉的陌生人，隔着大大的院子，相依为命。

七

五一节前，她打电话给我：让你爸去郑州住一段时间吧，他在家老挑剔饭菜。我们俩除了吵几句，多少天都不说话，像陌生人。

老家的院子被母亲一双巧手打理得绿意盎然。竹篱笆边种了一圈豌豆苗，正是青豌豆成熟的时节，放清水里煮一煮，清香甘甜。一丛丛的莴苣，青绿的叶子，笔直挺立；葱开花了，圆圆的葱头，挤挤挨挨，像画中错落的风景；生菜的叶子泛着诱人的光泽。门前，月季花层层叠叠，每次看都不一样，透着光亮似有神性。先是一朵，第二天又开了两朵、三朵。

我和姐姐回到家的两天，五六个花苞竟都颤抖着开放了。

坐在花们的身旁，用父亲的紫砂壶泡上新茶，手里拿着一本书慢慢翻开，真是神仙般的日子。

仍是她在厨房里不停地忙碌，包荠菜肉饺子、做菜卷、烙焦馍、炖鸡汤。孙辈们在院子里玩耍，隔一阵子都要去鸡舍和小鸡们说说话。

他有时在东屋里练书法、看书，有时去澧河边散步、挑水。自去年摔伤腰椎后，他便安心在家休息。

澧河近在咫尺。上面有人来测水质，说村子西边地势低的地方地下水质不过关，不能做饮用水。我们住在村东边，地下水可以饮用，但沙土杂质也不少。澧河水因为是活水，水质比地下水要好。

每次回去，仍旧去河堤散步。暮色里，似乎一切都没有变化，仍是那么静谧，世外桃源般。河堤上，随处可见蛇莓、大蓟等。还有地黄，小时候叫它打碗棵，说是一摸紫红色的花就会打碎碗，所以一直也没敢碰。只是很久没看到羊奶棵子了，狗尾巴草也没见。

河堤边是大片大片的麦田，折一枝麦穗，放在手里细细看，那么好看的样子，是神来之笔。麦穗还是瘪的，没有灌浆。它在等待更多的阳光，更多的雨露，更多的日子；等待小满，等待芒种，等待最后的酒酿。

只是我们都心照不宣地不再到河边去。二十年前，河滩上的沙子被一车一车地运走，换成钞票，成为摩天大楼的某

　　　　　　　　　　　　　　心田种字

个部件。河边成了泥巴地，河床变得坚硬。夏天偶尔还有人洗澡，但已不是当年的感觉。

姐姐说，暑期带父亲和母亲一起去美国或欧洲游玩。她立刻说，我不和他一起。

她想让我带她去西安。那些年，他和她回甘南，数次经过西安，但都匆匆而过，没能停下来好好看看。

在她心目中，西安是离她家乡最近的大城市，是她年轻时的向往。

是该好看看了。

（原载《莽原》2018年第5期）

每一次睁开眼睛

一

初生的婴儿睁开眼睛，阳光温柔地照进屋子，每个角落都是明亮的、灿烂的。刚刚下过一场雪，洁白的雪花映衬着暗红色的窗格，有种童话般的美好意境。偶有麻雀驻足，扑棱着翅膀，更显出一分宁静。

胖胖的小脸上绽放出一朵微笑，这是最初的那一朵，后来，就有第二朵，第三朵……像是有感应似的，像是知道自己的出生恰逢其时，像是知道此后的人生都是岁月静好，现实安稳。

这是1979年12月。一股浩荡的风从一年前吹过，带着春风的和煦，夏风的热烈，秋风的爽朗，到这个冬天，一切都是明澈的、清晰的，整个华夏神州都在坚定地谱写崭新的诗篇。

她还不知道这些，不知道那些关于国家命运的宏大主题，不知道改革开放意味着什么；不知道自己的父辈曾有过的辉煌与失落，坎坷和磨难，更不知道贫穷与饥渴的滋味。

没有人告诉她，就在这一年，一切都不一样了。若干年之后，她会仰起头，在房梁上看到新屋落成的日期：1979年1月；若干年后，她会知道初中毕业回家务农的三叔是在这一年考上名牌大学，成为乡间的传奇；若干年后，她会明白自己是怎么从小就被这些家族故事滋养，而自己和哥哥姐姐们又被寄予了怎样的希望。

这是一个一出生就住在新房子里的女孩，一出生就贴着地气，被肥沃土地里最朴素的粮食和蔬菜喂养，被浓浓的爱包围着，一出生就无忧无虑，只需要埋头读书认真学习就能获得赞誉的女孩。

何其幸运！

二

十八岁的高中生睁开眼睛，余晖透过青色的纱窗斜斜地洒在身上，窗外，知了此起彼伏地鸣叫，给人安心的感觉。

意识到一切都告一段落，所有的匆忙和紧张，所有的刻苦与辛劳，所有的提心和吊胆。高考已经结束，志愿提前填过，在静静等待成绩出炉。

她听到欢快的脚步声，姐姐喊着她的小名冲进来，兴奋地说，你考了全县第一名。她欢喜，但不觉得意外。当一个人已经用尽了全部力气去拼搏，那么结果无论如何都在料想之中。

那是1997年夏天，空气里飘荡着草木的香味，青春的金线和幸福的璎珞编织的日子就要到来，小船上的歌笑，月下校园的欢舞，都已不远。她渴望着生活：飞扬，沉思，燃烧。

她记得那一年初春时节的料峭寒意。1997年2月19日，中国改革开放的总设计师邓小平同志逝世，她和毕业班的同学们一起，在电视屏幕前看着他的笑容和身影落泪，发自内心地感激、称颂与怀念。

这位巨人唯一的遗憾应该是没有亲眼看到香港回归。这一年的7月1日零点，当鲜艳的五星红旗和紫荆花区旗冉冉升起，亿万双眼睛一起行注目礼。那个瞬间，永载史册。那个瞬间，她从心底赞叹中国共产党的伟大与英明，同时为祖国的繁荣昌盛深感自豪和骄傲。

这年秋天，她要离开自家美丽的小院了。这是1989年盖的一处新宅，崭新的两层楼房，东西两侧各有一个楼梯，被长长的天桥连接着，通向二层。暑期，她总爱坐在天桥上，安静地看书做作业。头顶上，高大的泡桐树伸展着枝叶。天气晴好时，阳光透过树叶的缝隙洒落下来；雨天，坐着听滴滴答答的声音，也不用担心会被淋到。这是父亲亲手绘制图纸，设计出的别致样式。很多年里，一直被人津津乐道。

可不是一直生活在美好的田园梦里吗？那些年，父亲在省城工作，家里的条件随着父亲的每一次归来逐年改善。1987

　　　　　　　　　　　　　　　心田种字

年就有了14英寸的黄河牌彩色电视机，舒适的沙发，飞鸽牌自行车等。等到搬了新家，家具都是定制的，手工雕刻了花鸟图案。在老院子里，是和高大的国槐、遒劲的无花果树为伴；在新院子里，是与石榴、梨树、满架葡萄等一院子的果树相依，生活恰如这春华秋实，踏实圆满。

这一年9月，父亲亲自送她去上大学，坐火车，转汽车，陪她报到，帮她安顿好宿舍，买齐生活用品，这才放心地返回。她被人宠爱惯了，并不觉得有什么特别。父亲离开时，只觉得舍不得，还哭了一场。

多年后，回想起来，她才明白，父亲最好的年华都在颠沛流离中度过，失去了读大学的机会，读书是他埋在心底的梦想。从18年前三弟考上名牌大学，他身为大哥就鼓励他一直读下去，读到博士，博士后；后来，大儿子、二女儿相继考上大学，到小女儿，以出色的成绩画上圆满的句号。他怎么能不扬眉吐气呢？

三

二十九岁的女子睁开眼睛，意识到是在长途汽车里。车窗外是静谧的夜。车载电视里却是流光溢彩，掌声雷动。

这是2008年8月8日晚，她和爱人赶赴日照海岛拍婚纱照。车里坐了十来对情侣，空气里荡漾着甜蜜、幸福的味道。他们都准备好了数套情侣装，婚纱礼服，各种饰品，要在海边留下最美的瞬间。

正是那一晚，北京奥运会开幕式盛大举行。"鸟巢"里，奥林匹克火炬与中华民族五千年的辉煌历史、灿烂文明相互辉映，全世界都在瞩目。岂止是赞叹，岂止是震撼，每个人的梦想、体育强国梦都与中国梦紧密相连。

她一直记得，那时他们怎样欢喜着，在海滩上画下大大的心形图案，摆出最时尚的造型，宛若在拍电影大片。那时，心里满是对未来生活的美好憧憬，不会想到自己是在享受改革开放的果实。

是的，当我回首这些年都经历了什么，才恍悟自己踏出的每一步都合着改革开放的节拍。

如今，又一个10年过去。改革开放40年，我也即将四十岁。每一次睁开眼睛，似乎都会看到不同的风景。

是所处的城市日渐变得漂亮了吗？是房子越换越宽敞了吗？是孩子在一天一个样地茁壮成长吗？是自己在忙碌中坚持，热爱中努力，终于更加坚定梦想的方向了吗？

每当仰起头，会看到，是一个叫中国共产党的伟大政党为我们撑起了广阔无垠的蔚蓝天空，为我们点亮了一盏盏心灯；是一个叫中华人民共和国的伟岸身影，一直敞开怀抱，精神抖擞，在民族复兴的道路上，向着富强、民主、文明、和谐，编织梦想和希望！

就在数天前，七十六岁的父亲办好了去欧洲的签证，正准备暑期旅行。也许，当我在某个时刻睁开眼睛，会看到父亲

　　　　　　　　　　　　　　　　　　　心田种字

通过微信发来的照片，他也许是在巴黎的埃菲尔铁塔上眺望，也许是在大英博物馆驻足，又或者，是在阿尔卑斯山上欢呼！

（原载《河南日报》2018年6月27日）

声 声 慢

一

　　有些事情一直放在记忆的某个角落，不愿触碰，也不想再走进去。就像人这一生，也许只是一个漫长的记忆，说出来又怎样，不过多一份谈资，或者只是一个笑料。所以有太多没有说出来的故事，就那样随风而逝了。

　　若能选择，就做一个缄默不语的人，以最沉寂的姿态走过上天赋予的时间，去感受大自然的恩赐，每一缕阳光的模样，雨滴落下的形状，风的味道，树叶的脉络，等等，看清这些，其实就不算白过。可是，我们常常不由自主地选择喧嚣，在人世浮浮沉沉几十年，毫无新意地过完这一生。

　　细想起来，我们所经历的伤心事，算不得什么伤心事。既然在我们之前，数千年，那么多的人都经过这些伤心；既然在我们之后，未来的久远时间，还会有人经历这些伤心，那

　　　　　　　　　　　　　　　　　　心田种字

我们就不必把这些伤心事看得过于重要。

　　大概是因为活得局促，又不能不这样活着，所以索性记录下来，说不定这些故事会在文字里呈现不一样的质感，说不定会有后来者寻到共鸣。

二

　　那一年，我遭受到沉重的打击，腹中五个多月大的胎儿说没就没了。我怎么就一点也没有感觉到一个小生命在我身体里剧烈地挣扎呢？一点也没有。

　　那些日子，我反反复复回想我哪里做得不对，哪里出了问题；反反复复在脑海里想象孩子的惨状。表面上，一切都好好的，正常上下班，采访，编辑。但我内心里已经溃败不堪。

　　下班后，我漫无目的游荡在大街上，一家家店铺里，我不停地试穿各种衣服，大包小包带回家。晚上失眠时，我在网上漫无目的地浏览，直到困倦至极，才勉强入睡，噩梦不断。一种深深的无力感将我笼罩。

　　有一天，不经意间点进一个叫"爱断情伤"的网站。在那里，我看到一群女子，她们讲述着各自的坎坷故事，在倾诉交流中彼此寻求慰藉。那是另一个世界，我无法想象的世界，我在她们的文字里看到一个个美丽的女子，她们一定是美丽的，拥有美丽的容颜，美好的心灵，美妙的憧憬，即便忧伤如潮水般涌来，有时甚至让人无法呼吸，依然觉得她们那么可爱，是真正的天使，折了翅膀的天使。

我忽然间不那么痛了，我开始想象她们的样子，想象若有一天，我们遇见，那会是怎样的情景。

三

"一只特立独行的猪"，这是她给自己的称谓。要怎样才算是特立独行呢？在错误的婚姻里坚持下去，坚持一辈子，不惧痛苦，就是特立独行吗？

她有自己的理由。她并不认为自己的婚姻是错误的。他们那么相爱，这个男人高大英俊，爽朗体贴，才华出众。一切看起来都那么好，相处如此融洽，个性也是一拍即合，彼此能坦率深入地交流，生活就应该这么顺理成章地完美下去。不是吗？

直到有一天，他跟她坦白，自己除了爱她，还有另外一个他。他说，是后来才发现自己的不同。他希望她理解，宽容。即便那个他存在，也不会影响他和她的感情，更不会打扰他们的生活。她惶惑，不安。但她什么都没有说。那时，她已经有孕在身，能说什么呢？

有一天，她认认真真地写下一封遗书。她想，我也许可以把孩子生下来，然后自杀。在信中，她认真分析自己对他的感情，那是真实不虚的感情，她不可能离开他，倘若离开，恐怕也会失去生活的勇气。但在他身边，似乎也只有穷途末

　　　　　　　　　　　　　心田种字

路的煎熬。那就在想象中死一次吧，如果死了，他一定会好好抚养他们的孩子。

抱着这种必死的决心，她认真地活了下来，一切如旧。生活看起来依然平静、美好。他对她似乎更好了，体贴关心，细致入微。每个节日，纪念日，他都记得，提前买好礼物给她。那礼物也总是她心仪已久的。孩子出生后，他请了最贵的月嫂，后来，除了偶尔请钟点工，他几乎包揽了全部家务，洗衣服、拖地、做饭等等。他无可挑剔。

他的那个他在哪儿呢？她有时会好奇。但她从不翻看他的信息，从不追问。仿佛他就不存在。

她仍然是骄傲的。她时不时会上传几张昂贵又漂亮的名牌包包的图片，不是为了炫耀，只是说自己过得还不错。在别人眼里，她是幸福的化身。但内心深处呢？

在她的描述中，我的眼前常浮现一个瞬间：她开着车，在沿海高速路上飞驰，她开得很快，这样的时刻，她的灵魂飞走了，思想飞走了，肉体飞走了，一切都是空的。开了很久很久，很远很远，直到某个时刻，戛然而止。她停下车，点上一支烟，看着远处的晚霞，一点点沉落，落入海底，心情随之黯然。然后是漫漫长夜。

四

她叫 rain。是雨水还是泪水？

她爱穿黑色的衣服，是黑色的蕾丝连衣裙吧，柔美，性感，衬得她愈发白皙。

　　她有一头秀发，发丝垂下来，遮住了她的半边脸庞，她时不时用手轻拂，娴静温婉，若娇花照水。

　　她从不与人争执，从不说脏话，以为乖巧便能讨人喜欢。

　　她每天早早地起床，为他做早餐。每天变着花样，有时是扬州炒饭，有时是红烧牛肉面，有时是烤比萨。凡是她能学会的美食，她都愿意为他做，喜欢看他狼吞虎咽的样子。

　　他坦然接受她所做的一切，后来竟不耐烦了。终于有一天他说，我们分开吧。

　　那时，儿子已经六岁了。他执意要把儿子带走，还请了律师。他一副胜券在握的样子，她没有出场便败下阵来。

　　起初他允许她去看儿子，后来，便被婆婆拒于门外。

　　她站在大街上哭泣。不明白为什么会这样。那一天，已是深夜，她仍在徘徊，却又遇到抢劫者，伸手就把她的包抢走了。她坐在地上，哀哀无告。

　　她的故事让我痛心，但我觉得不值得。生活是在演戏吗？演一出悲情的剧，给自己看？

　　于她，也许是宿命。他们是中学同学，她爱他，愿意守护她。然而他却不爱她，迫于世俗压力勉强结婚，勉力生子，完成传宗接代的任务，然后再也不能忍受。我们可以谴责他自私，但于事无补。

　　人生中很多事情是逃脱不掉的，是要让你去经历的。但

　　　　　　　　　　　　　　　　　　　　心田种字

经历过了之后，需要学着放下，继续前行。

五

"人间最美的天使"，最初看到这个名字，颇为惊艳。这个女子该有多美?

新婚之夜，她躺在床上，他在客厅打电话。电话那么长，怎么也打不完。他哄劝着电话那边的人，不要生气，忍耐一下，他过几天就去看他。

声音飘过来，她听到了。她什么也没说。她给他时间，等待他处理好自己的事情。

然而，电话却一直没有断。他肆无忌惮地聊着，闷热的天气，她把头钻进被窝，想着父母，想着自己越来越不好的身体，想着这没有任何意义的家，呼吸变得急促。终于，一跃而起，她假装去卫生间，把头埋在水池里，眼泪直流。

自此夜夜失眠。

婚姻是个深渊，让一个活泼开朗的女孩儿瞬间跌落，鼻青脸肿。

终于忍不下去了，提出离婚。

他的父母清楚他的事情，不止一次打骂劝阻，都无济于事。离婚后，公公婆婆仍然疼爱她，常常做了最可口的饭菜等她，流着泪谴责自己的儿子。

她不舍，不舍这份亲情。

她骤然结婚又离婚，这本身已让她承受了很大的心理压力。她对谁也没有说。

有一天，他在父母的劝说下又来找她。她竟然又傻傻地幻想他会改变。

复婚。之后，一段时间的平静，同样的故事又上演。再一次离婚。

说说容易，在她，是伤口一再被撕裂。只是，她相信自己一定会得到幸福。

两年后，她遇到另外一个人。平平常常的一个人，却温暖踏实。他带她去另外的城市，开始全新的生活。

之后的故事，就是结婚生子，安稳幸福。

六

她试图把破碎的布头儿拼在一起，拼成美好的生活。

"碎布头儿"的故事是没有出路中的出路。

她爱他，如母亲，如长姐，如第三者。她包容他的一切，当他去追另外一个他时，她坐在家门口静静等他。

她剪去了长发。已经没有骄傲可言，但还有足够的耐心。她甚至没有没犹豫过。她做手工，拼拼贴贴，做了很多布包、手袋、家居布艺等，她的时间缓慢而充实。

也有人爱她。那个人和她相处和谐，方方面面的和谐，包括在床上。但她一旦满足，就转身回家。

心田种字

她的家，她的女儿，她的他，是她内心深处想要的一切。而那个人，她依靠其帮助，熄灭内心的风暴，熬过某一些熬不过去的时刻。

她喜欢强求他，抱抱我吧，亲亲我吧，他也会配合。就如他们10年前初相见时，他温柔而羞怯地牵她的手，激动地向她表白。她相信他爱过她，那份爱和羞怯至今同在。

深夜那些独自落泪的时刻也可以忽略不计吧，谁没有伤心呢？也体验过离婚，平静地分财产，没有一点点分歧。他和他分分合合，终究抵不过世俗，终究，这个被所有人承认的家是牢不可破的。所谓爱，最后不过是温情和亲情。

有了这个，便能熬过去，一直到老。

七

他竟然起诉她。

可笑，不是她，而是他。

无休止地争吵。然后，他转移了财产，长时间不回家。

再次相见，竟然要在法庭上。

她想跟他同归于尽，但且看他怎样变戏法。他偷偷录了音，很多次和她的谈话。他用很多证据，证明她是个蛇蝎心肠的女人。

该录音，该掌握大把证据的不该是她吗？

就这样吧，利利索索地分手吧，什么也不要了。放弃了出国留学的机会，没了青春，没了孩子，一个三十五岁的女人，能够获得内心的平静已经够了。

她一直都在做同样的梦，闪电般地嫁给一个老实、可靠的男人，但结婚的第二天，又发现他喜欢的不是女人。

一再被惊醒，要崩溃了。

但两年后，她还是遇到了一个人。没有更高的要求，正常，珍惜，懂得关爱，健康。哪怕穷，脾气急躁，都不要紧。

终于可以走在阳光里，像其他女子一样，琐碎唠叨。还开了家童装店。

离开便好，哪怕是被迫离开。但有多少人，还一直在阴影里摇摆不定。

八

后来有一天，她们竟然相见了。她们在群里约好，从青岛、成都、宁波、新乡、北京等地赶赴南京，去吃麻辣小龙虾。她们一见如故，高声唱着歌，放肆地笑，像是天真无邪的孩子，像是从未有过那些噩梦。

2011年前后，我忙碌起来，便没有时间再关注她们的故事。不知道她们后来怎么样了，也许依然如故，不好不坏，起起伏伏；也许有了这样那样新的际遇。一些小众的遭遇，一些边缘的情感，再怎么痛也是在自己心里，又能掀起怎样的巨浪？人们的观念当然在改变，但极其缓慢。

想想，新世纪初的那些年，我们纷纷开了博客，当作树洞把自己的心事倾倒进去。那些心事蔓延，忧伤绵长。后来，博客时代结束，微博、微信兴起，人们用美图秀代替倾诉，痛也不那么痛，欢喜也不是那么欢喜。都是好演员。

　　生活大抵如此。

2018年8月

茶 与 书

一

穿过淅淅沥沥的雨，去到一条安静的街。

这样的街在郑州并不少见，两边是高大的法桐，一年四季都有着别样的风景，直到冬天的最深处，那枝叶还是斑斓的，若宽厚的手掌般，带来暖意。

安静的街两边常常有着安静的店铺。杂货店、服装店、咖啡店等，都是低调的、内敛的，仿佛不用刻意招揽客人，也能这样天长地久下去。

抬头间，粉墙黛瓦的建筑映入眼帘。明净的玻璃窗边，点缀着簇簇青竹。就这样，轻易地，走进了烟雨江南的画境。

宽大的原木色茶桌，他坐在主人椅上。初次见面，也只是微微颔首，然后递过来一杯茶。透明的玻璃小茶杯，黄亮的茶汤。饮下去，饱满的口感，杯底留香。

　　　　　　　　　　　　　　　　　　心田种字

他轻声问：能品出来是什么茶吗？

我稍有犹豫：老班章？

他点头，赞许的神情。

淡淡讲起自己此前忙于建材等生意，后来与茶，与老班章结缘，于是有了这样一个叫"可以兴茶宴"的清静地。

这期间，有多少曲折，要到后来朋友都齐了，在二楼的雅间，推杯换盏时，才逐一道来。竟是颇具豪气、信义和传奇感的故事。正如老班章的滋味，是厚重的，浓烈的，如伟岸的汉子，风骨刚健，气势雄浑，及至回味，才感受到一种绵长细腻的风情。

二

夕阳斜斜地照在茶桌上。

放了很多茶宠的茶桌，有小兽，有瓜果。她一边聊天，一边颇有兴致地摆弄着。

我一杯接一杯地品着紫笋茶，借袅袅茶香和心底升腾的暖意来御寒。

在偌大的大唐贡茶院，在遍布人文风景的诸暨山，在"茶圣"陆羽写下《茶经》的浙江湖州，在"寒沙梅影路"的冬日江南，仿佛只有我们两个人。两个在他乡不经意间相遇的故乡人。

她曾于广州、深圳等地打工，后来因为亲戚，来到此地，经营茶具生意。这个年轻的女子，似乎享受着这份略显寂寞的工作。细细地介绍着身边的每一把壶，每一盏杯，像是珍藏的宝贝。

那个下午，当我在大唐贡茶院古色古香、恢宏古朴的建筑群里徜徉，走过东廊、西廊，走过陆羽阁、吉祥寺，看贡茶制作的全部过程，和遍地的茂林修竹对视，在一派寂静悠远的意境里，仿佛穿越了千年的时光。

始建于唐朝大历五年（770年）的大唐贡茶院，曾是督造唐代贡茶顾渚紫笋茶的场所。陆羽《茶经》中这样写："茶者，南方之嘉木也……阳崖阴林，紫者上，绿者次；笋者上，芽者次；叶卷上，叶舒次。"顾渚紫笋茶被陆羽推为"茶中第一"，也因为他推荐而成为贡茶。自唐朝广德年间开始以龙团茶进贡，至明朝洪武八年"罢贡"，并改制条形散茶，前后历经600余年。大诗人杜牧曾在湖州做官，写下"山实东南秀，茶称瑞草魁。剖符虽俗吏，修贡亦仙才"的诗句，提到贡茶之事。

那天，有幸品尝了顶级紫笋茶，也啜饮了大袋子装的最普通的紫笋茶，种种滋味，都如洒落在身上的阳光一样，如和相契的人面对面安静地坐着一样，让人觉得欢喜。

三

并不常见，但有相聚的机会，他总随手带了什么书送给我。有时是博尔赫斯的《布罗迪报告》，有时是安部公房的《砂

　　　　　　　　　　　　　　　心田种字

女》，有时是自己的或朋友的新著。他是在自己的天地安静读书、观察和写作的长者。

在"可以兴茶宴"相聚那次，他带去了张新颖的《诗札记》，还有一本平出隆的《猫客》，让我转给另外一个爱猫的女子。

忍不住翻看了几页《猫客》，便被吸引。吸引我的倒不是可爱的猫"小小"，似乎也不是那种人与动物之间的温情，而是一种心境，情境。主人公原本是出版社的编辑，在目睹故交诗人相继离世后，醒悟人生最重要的是什么。为了集中精力创作，他下决心辞去工作，与妻子到乡下一栋幽静老宅借居。就是他下定决心那一刻，对妻子说的，要做好准备过清贫的日子了；就是在老宅里，那种慢下来的感觉，周围的万事万物都入了眼底、心底，于是看到了猫，更加感受到了自然、命运、悲喜……就是这略微的痛，微妙的爱，深深吸引了我。

而那本《诗札记》里，散落着一些看似无关紧要的事物，或许是一阵风，或许是一棵倒掉的树，或许是街灯的光，它们安静地待在那些动人的诗句产生的时间河流里，我们溯流而上，去解读那些关于诗歌和生命的谜团。也许那些诗，那些人，也一直在等待着一个能解谜的人。安静地去读，去理解，也许真的就能触碰到一些本质的东西，把握住一些把握不住的事体。

四

仍是在雨中，茶宴主人热情地邀我们到门口，仔细看一看门楣上挂着的"堂后"牌匾，以此说明这个处于省人民会堂后街的位置如何闹中取静。

是的，即便在我们的闲聊话题中，也谈到了诸多热闹的往事，这几十年，我们所在的这个位置的归属和流变，这个城市的变迁，个人生活的辗转，所供职的单位的如烟人事等。热闹的浮世和流动的时间绵延不绝，永恒和不变的到底是什么？

如今，"闲来松间坐，看煮松上雪"的情景颇难实现，但至少三五友人相聚，听汤响松风，观旗叶枪芽，洗器涤盏，分享茗香，以一瓢消磨半日，这样的"茶约"，还是可以实现的。

想起明朝作家、戏曲家张大复在《梅花草堂笔谈》中记载的一件事，他的朋友顾僧孺于病中写了一幅帖子，向张大复道出心愿：一则思嗅梅花，意甚切；二则愿得秋茗，啜之尤佳。然而不凑巧的是，帖子送到之时，张大复正好外出访客，归来看到《乞梅茶帖》时，朋友已经去世，留下永久的遗憾。

张大复本人极爱读书，博学多识，为人旷达，是一个不折不扣的理想主义者。他理想的人生是：一卷书，一壶茶，一溪云，一潭水，一庭花，一林雪，一枕梦，一片石，一轮月，逍遥三十年，然后一芒鞋，一斗笠，一竹杖，一破衲，到处名山，随缘福地。但事实上，他的理想和朋友最终的心愿一样，

心田种字

大都停留在纸上。

但也有一些特别的时刻，比如他和朋友们在月下游破山寺，想起了一句话"天上月色，能移世界"，在月色下，河山大地变得深邃，草生木长洁净透明，一时忘却尘世繁杂，不知今夕何夕。又比如，四十岁那年便失明的他，在极度的静谧中听到"一鸠呼雨，修篁静立""童子倚炉触屏，忽鼾忽止"，于是"念既虚闲，室复幽旷，无事坐此，长如小年"。

此时，生命归于沉静。在这般沉静中感受到的，即是永恒的刹那吧。

（原载《南阳晚报》2019年8月30日）

小镇姑娘

一

我认识一个小镇姑娘，她总是那么温和、从容、优雅。我们的生命有过将近18年相互交集的时光。我没有听过她任何的抱怨，连叹息声也没有，有的只是平静和内在的坚强，她靠着这个支撑着一个大家庭走过了最艰难的岁月。

在我的记忆中，她的衣服，从春秋季节的白色、浅蓝色的盘扣斜襟布衫，到冬天黑色的斜襟盘扣棉袄，头发或者松松地绾在脑后，或者齐肩散开着，总是干净、朴素。因为人很瘦，身体是轻盈的。即便老了，神情中总还有一种少女般的羞涩。

后来，我知道，这个姑娘是在一个叫北舞渡的古镇出生长大的，那不能叫作小镇，那是个有着两千多年历史、商贾云集的大镇。在她的幼年少年青春时期，她生活优渥。她的父亲是大资本家，家族的生意曾做到江南、上海一带。

在我们一起走过的岁月，她很少对我讲小镇上发生的故事，也很少讲曾经的繁华，巨大的落差和无法逃避的苦难等。她缄默，一切都在无言中。种种生命起落的滋味，都是我后来才慢慢体会到的。

　　我们最后的谈话是在我上大学前，她说起武汉大学的桂花很美。仅此，再没有别的叮嘱。然后我们就分别了。那个秋天，我奔赴远方的城市，开始我崭新的人生。20多天后，她悄然离世。

　　这个小镇姑娘，是我的奶奶。

二

　　我不止一次梦见她。最初是在她去世不久的那些日子。她向我伸出手，我喊着她的名字扑向她，然后就醒了，流着眼泪。

　　其实，她去世时，我并不知道。父亲没有告诉我们兄妹三个，理由是怕耽误我们的学业。

　　父亲在这方面实在很执拗。奶奶重要还是学业重要？我唯一的奶奶，最亲爱的奶奶，她去世时我们都不在她身边。

　　得知奶奶去世的消息是在一个多月后。那一天，我去三叔家，他那时住在武大家属区。我按响了门铃，里面传来的是略微陌生的声音，后来我才知道那是三叔的岳父。他说，你三叔回老家了，给他母亲过五七。我瞬间愣住。

那个夜晚，眼泪怎么也止不住。

三叔从老家回来，破天荒地约我到他的办公室，带我去系图书室看那些满满当当的藏书。说一个人穷尽一生也读不完这些书，要选择自己感兴趣的方向，认真去读，要做读书笔记。没有提关于奶奶去世的事，仿佛是一个心照不宣的秘密。

后来，听说三叔还跟他岳父生气了，认为他不该把这个消息告诉我。不该告诉我吗？何况人家并不知道我这个孙女竟然还不知道奶奶去世的消息。我常常不解，在我们家，怎么一点小事就会奇奇怪怪地闹很多误会。

多少年后，我渐渐明白。在父亲和叔叔们的心中，母亲就是那个最柔软的所在，不能碰，一碰就疼，一碰就会落泪，一碰就会要命。

奶奶去世后，似乎家里的天塌了下来。据说，三叔坐火车一到家就晕倒了，一头栽在地上。送葬时，铁青着脸，也没有眼泪。为此邻里议论纷纷，怎么母亲去世连哭也不哭。其实，那是痛到极点了。

此后三年，父亲没有笑脸，家里没有任何声音，连电视也不让开。

1998年春节，我回到家，看到奶奶的遗像。那么苍白，那么遥远。那张照片是找出以前的照片，翻拍后放大的。怎么生前都没能好好拍一张照片呢？

我和姐姐认认真真折了78只千纸鹤，挂在遗像下面。

三

阳光洒在院子里，屋檐明媚。槐花开了，树上偶有几声鸟鸣。隐隐约约的烙馍香味，年长的和年轻的女人边忙活边小声地说着家长里短。

屋檐上的瓦在炊烟袅袅里醒来，微笑着，面容柔和。寂静的午后，它与浮尘对话；月圆的夜晚，它心跳加速，常常要闭上眼睛，疑心会被挟裹而去。它不想去，它坚信，遥远的地方一定寒冷。

它喜欢天上掉落的礼物，那些料想中的恩赐，每次接受却都像是第一次。

有谁还记得第一次看到雨是什么时候呢？

青箬笠，绿蓑衣，斜风细雨不须归。若是细雨飘落，就好像迎接不期而至的吻，温柔，甜美。若是大雨滂沱，就仿佛投入热烈的拥抱，瞬间融化了干涸的肌肤。

记忆中，老家的院子里，都是这样的情景。年长的女人是奶奶，年轻的女人是妈妈。她们总是一边烙着饼，一边小声说着话。声音长长短短、不紧不慢。有时候，妈妈擀面饼，奶奶烧着鳌子。伴着娴熟的动作，那金黄色的小饼散发出诱人的香味，很快就堆满了馍筐。有时是烙焦馍，常常撒上芝麻，喷香。

奶奶擅长卷"瓷卷儿"。在烙馍里放上白砂糖，细细地卷成一个瓷实的卷儿。递到我手里，笑着说，吃吧，磨牙。我欢喜地接过来，咬上一口，又甜又香。

多年后，我怀孕时，不馋别的东西，莫名地只想吃烙馍和焦饼。在郑州的四婶做了给我送来，才一解相思。

后来，我也如此仿效，卷"瓷卷儿"给女儿，她也很喜欢。如今的孩子，可选择的实在太多，吃过也就忘了，她最爱的还是小小的寿司卷儿，尤其是带鱼子酱的。这些东西，当年离我们何其遥远。

记忆中格外清晰的还有奶奶教我们画画的情景。她拿一根树枝，在地上，寥寥几笔，梅花、荷花就栩栩如生出现在眼前。我也跟着画，却总是画不好。于是拿着树枝在地上乱画，画我想象的世界，奶奶总是笑着，眼神中充满了鼓励。自那时起，就觉得泥土地是最好的画布，干树枝是最好的画笔。画错了，不想要了，可以随意涂抹掉。

那些年，买了新衣服，得了奖状，都要第一个跑到奶奶屋里报告，等着听她的夸奖。

她笑着看我在厨房的门槛上蹦过来跳过去，带着宠爱的神情说：这么活泼，像个小羊羔一样！不知为何，那个瞬间，她的表情一直印刻在我的脑海。每当我想起，便觉整个世界阳光普照，明媚灿烂。这是她留给我的人生最初的暖意。

而她自己确是渐渐冷下去，冷下去，直到成为一帧脸色苍白的照片。

没有听见她对其他人任何的批评，最严厉的用词大概是"你怎么这个样子"。她从不说人不好。

四

她也没说过爷爷不好。

有一次，大概是恼极了。她对爷爷说，如果我死了，看这些活儿谁干？爷爷顺口就说：那就谁都不干。奶奶哭笑不得。

从来都觉得他们像是来自不同的世界。

奶奶那么文雅，得体。像是一朵荷花，娴雅，圣洁。她从不与人争，总是清清楚楚地讲出自己的道理，把别人说服。

年轻时的她该有多美丽呢？我总想象着她是《京华烟云》中的姚木兰。林语堂笔下的木兰是一个妙想家，不仅有着美丽的外表，而且善良大方、端庄典雅、聪慧伶俐，识甲骨、会爬树，还会吹口哨、唱京剧，是内外皆备的奇女子。

从小生活在富贵之家，却丝毫没有富家小姐的任性和刁蛮。在"女子无才便是德"的年代，她却富有才情、知书达理。她的姿态更是让当时的女子望尘不及，"喜爱身材高一点儿的，觉得她够高；喜爱她身材矮一点儿的，觉得她够矮；喜爱体态丰满的，觉得她够丰满；喜爱瘦削一点儿的，觉得她够苗条。身体各部分配合比例的均匀完美，竟至于此极"。

俨然就是一个美貌与智慧并存的理想女子，她成功地将道家女儿和儒家媳妇两个角色进行了完美的结合。作为道家女儿，未出嫁时她是父亲的掌上明珠，乖巧听话，纯朴自然；作为儒家媳妇，她相夫教子，孝敬公婆，勤俭持家。

很多年后，当我看到这些描述时，我觉得我的奶奶也是这样!

这样的女子，谁会不喜欢呢？

偏偏身边的他不喜欢。年轻时，他另有喜欢的人。

他的人生也颇为传奇。那是一步步后退的人生。他生在殷实之家，算得上纨绔子弟，还抽大烟。后来参军，参加抗美援朝等，在部队当翻译，有机会被送去东北师范大学读书。但他只读了一年多，就嫌长春太冷，适应不了，要求转业。转回到当时的省会开封，被安排到政府部门工作，又觉得不很适应，要求去到学校教书。教了些时，又说离家远，想家，主动申请回到县里。当年，有动荡的风声传来，他很快写了辞职信，回到老家，闭门不出。恢复工作时，因为看到了他的辞职信，就没有让他复职。

后半生，他在老家安享晚年。万事不操心。最喜欢的事情是看旧报刊，喝几口酒。

因为那些旧报刊，我确认爷爷是念过书的，虽然他也从不教我们识字。他懂俄语这件事在我心中仿佛天方夜谭。听说当年他还识乐谱，会吹口琴，也不见他吹，更谈不上在我们后辈面前吹，虽然我很期盼能得到他的指点，但也从来没有这样的机会。他活在自己的世界里，蜷缩着，也悠然自得着。

这个皮肤被晒得黝黑、瘦瘦的老头儿真的是我爷爷吗？这个胆小怕事，畏畏缩缩的男人真的是我爷爷吗？奶奶为什么要嫁给他呢？

年少的我在心里反复想这些问题，总也想不明白。

尤其是当我知道爷爷当年喜欢学校的一个女同学，并不愿意和奶奶结婚时，我更觉得莫名其妙。

奶奶是怎么了？只因为有了媒妁之言，就非要实现这个承诺吗？

自然是从来没有谈起过这个话题的。不敢问，也不能问。

在这段长达60年的婚姻里，这个小镇姑娘真正幸福的时光有多少？

如同大多数女子，她过日子是用熬的。无非是忍耐。尤其是有了孩子后，就是看着孩子生活的。

他们之间很少说什么。我们年少时，她曾出过一次车祸，腿部骨折。送回家时，所有的亲戚朋友都来问候，他却躲避着。别人来，他跟着围观；别人走，他跟着离开。很多年后，他也骨折了，身边有儿孙的照料，却已经没有她。

从我记事起，他就在另一处未建的新宅基地里看守。他独自住在那边先盖起来的西厢房里，她在老院儿的东厢房里。我们总在那里面玩耍。有时躺在床上吃东西，奶奶就说，不能躺着吃，否则会得"噎食病"。那是一种什么病呢？不知道，反正觉得可怕，就不敢躺着吃了。

他们养活了四个儿子，两个女儿不幸夭折了。奶奶从来不说，但我能感觉到她心里的伤痛。如果有女儿陪伴，应该会给她更多安慰吧。

当然，儿子们也都让她欣慰。大儿子聪明博学能干，靠四处奔波挣钱支撑起了这个家。二儿子老实听话，春耕秋收，把家里的几亩地打理得井井有条。三儿子学业出色，考上名牌大学，成为大学教授，知名学者，让这个家扬眉吐气。四儿子乖巧伶俐，会照顾人，是贴心的小棉袄。

仅此，她也满足了。

我看见晚年的她坐在桐树下，久久地静默。她拿着蒲扇，时不时扇几下。偶尔胃里发出"嗝、嗝"的声音，那是饥饿年代留下的病根儿。

她从不去医院，怕花钱，怕麻烦。有病就忍着。后来，心脏不好，有时会晕厥。去世之前，也是因为晕过去，被紧急送到医院电击，再也没能醒来。

她去世10年后，爷爷去世。

五

薄雾中的北舞渡镇，哪座院落是她的家呢？

我们赶早去，在街边熙熙攘攘的人流中，找到最喧闹的那一家，闪家胡辣汤，据说是最正宗的。临街三间大棚，青砖铺地，散放着数十只桌凳。干净的碗筷，涌动的食客，火热的场景。正宗的、有名气的胡辣汤摊点前，总是挤满了人，真是一碗难求啊！

只见卖汤人素衣白帽，手持一把大木勺，在汤锅里搅三搅，"啪"，一碗热气腾腾的胡辣汤便盛好，递了过来。饿极了，呼啦啦地喝下去，好香。是那种醇厚的香味。

心田种字

这正是她经常说的八珍汤。放了面筋、粉丝、花生米、牛肉、黄豆、葱花、姜末、胡椒粉等，旺火烧沸，小火熬制，胡辣汤盛到碗里后，加榨菜，淋香油、香醋等，喝起来黏糊糊、香喷喷的。但已经不是她记忆中的炭火铜锅了。

奶奶娘家那么多亲戚。那些叫大凤、小凤、秋凤的表姐们，表姐夫们，还有表哥们，总是分不清楚。也许是我故意不想记清楚。我的名字也是奶奶起的，顺着起了这么个名字，也没有什么特别的含义，我也一直不喜欢，尤其是跟那些类似的名字放在一起，更觉得别扭。直到后来，这种别扭感才消失。那是读大学时，教外国文学的张箭飞老师在课堂上赞这个名字，说"诗歌是冷冻的艺术"，说冻凤秋这个名字像是一个词牌。我听了欢喜，只是不知道这首词，我这一生能否写好。

只有奶奶的侄女，我叫二姑的，亲切温暖，笑起来有浅浅的酒窝。每年春节，她都会来我家，看我奶奶。我盼着她来，喜欢她的笑容，一身清爽，干干净净的，带了好吃的油酥烧饼、糯米元宵来。我小时候不喜欢吃元宵，但喜欢看她带的元宵，打开包装的牛皮纸，有股桂花的香味弥散开来。她像奶奶，说话和气，清晰明朗，有种抚慰人心的力量。那时，我觉得她和奶奶都会一直是那个模样，不会老。后来，断断续续有她的消息，但都是儿媳待她不好，要自己另起炉灶，生火做饭之类，有些凄凉的晚景。

还有一个叫庆功的表哥，一直单身。在外地工作，过年才回来。每年都能看到他骑辆自行车匆匆来去。他总是笑着，很温和，脾气很好的样子。这么好的人怎么一直没有成家呢，我心里也一直有着小小的疑问。也不知他现在怎么样了。

六

廷辉，廷环。两个女子，都是老师。

一个文静娴雅，一个直率自我。

廷辉爱看书，家里满箱子都是她的书，她在书的扉页上写下"冰"字，那是她的笔名。

她嫁给了一个军人。年轻时候的他身材笔挺，英俊帅气，当着营长。生了一个儿子。后来在命运的河流中起起伏伏，不知怎么的，她就回了娘家，一直住在娘家，直到去世。

她去世得早，是在饥荒年代。大概是她不爱倾诉的缘故，关于她的故事扑朔迷离。

廷环嫁了一个儒雅体贴的男人，工作稳定，收入也好。他们儿女双全，相伴到老。

老了的时候，她还是说话不客气，坦率地批评别人。自己则悠闲地打打麻将。活到八十八岁，没有受什么罪，安然去世。

这是我大姑奶、二姑奶的故事。有多少精彩的篇章啊，可惜在岁月的长河里，我只捡拾了这么几句。

后来，总听家人说，我性格像大姑奶，姐姐像二姑奶。

到底大姑奶长什么样呢？连照片也没有。

心田种字

当我翻开那些书，看到那一个个"冰"字，我开始感到一种时光的穿越。她在想什么呢，她经历了什么呢？都在这一本本书里。我在懵懂中看着那些书，反复读着那些唐宋八大家的散文，那些朱自清、俞平伯的文字，那是我最初的精神营养。散散的，淡淡的，我在她留下来的清澈的溪流里，缓缓而行，会漂流到哪里去呢？会以怎样的方式去面对这个世界呢，会遇到什么样的命运呢？

后来，当经历了很多，越来越有似曾相识的感觉。不用问了，不用想象了，纵然机遇不完全相同，但那心理、感受、慨叹，一定是惊人的一致。原来这样啊，原来是这样啊，原来有些东西是我们想躲也躲不过去的，原来该来的都会来，原来最后的结果都是一样啊。

住在娘家好，多好啊，自由自在。我的奶奶一定毫不迟疑地接纳了这个妹妹，除了自由，给予她更多的温暖。

而我的二姑奶，也因为工作忙，让她的女儿，也就是我的红姑姑住在我家。在我奶奶身边，她享受着细心的呵护和温柔的爱。红姑姑后来当了医生，美丽大方又有高超的医术，曾让我十分仰慕。我喜欢闻她衣服上的药水味。在她心里，我的奶奶有着特别的地位，和亲生母亲一样。那些年，逢年过节，红姑姑都会来我家，带着很多营养品。奶奶去世后，每年祭日，她都会来上坟。也因为这些，我在感情上也常常觉得自己是有亲姑姑的。

奶奶的身上，就是这种仁和慈，如灯火，绵延不绝。

七

上坟。

最初是给太太、太爷。

然而还有一座坟,是特别的。

小小的,在旁边,长满了白蒿。

那是另外一个太太的,是太爷的小老婆。

我奶奶待这个婆婆一样的尊敬。她悉心地伺候她,直到她去世。

年年上坟,总是放上一样的祭品。

懵懂年少时,听到的关于奶奶的,都是她的善意,善心,善行。

我常常想,这就是积德。

奶奶积了太多太多的德,所以她的后辈这么吉祥、平安,并且闪耀光芒。

她读《福音书》,去世时葬礼也据此清简。不放鞭炮,没有响器,静静地,归于尘土。

(原载《牡丹》2019年第12期)

心田种字

时间的码头

渔人码头

太阳初升，照在渔人码头。一艘红色的大船划过海面，银色的波浪如流动的时间般绵长，但转瞬即逝。这是最宁静的时刻，最灿烂的时刻，一切都有希望。在此地，想起伊莎贝拉，上帝的承诺或誓约……

这是数年前的春节，她在澳门写下的一段话。

那时，她站在欧式风格的酒店房间里，掀开窗帘，眺望清晨的海。

这是经过人们世世代代改造和建设过的海，长长的钢索斜拉大桥，色彩鲜明的船只，岸边中西合璧的诸多建筑，这些不可或缺的风景，已经成为海的一部分。

人们来到此娱乐胜地，是为了在狂欢中沦陷，忘却。沦陷，是在尘世中沦陷，忘却真正的海，那无穷的奥秘，危险和未知；忘却，是在享乐中忘却，忘却时间的窥伺，那些失去，困境和伤痛。

但那些扔不掉的一路跟着你，无时无刻。

她想：谈伊莎贝拉，我们不够资格。

不懂得如何去爱。当那个人来到你身边，你心动，你欢喜，其实也都是为自己。为自己终于等到一个人，为自己可以不再孤单，为自己可以像其他人一样按照既定的规则，年龄的规则，社会的规则，融入或泯灭。

那个人，或另外一个人，只要有相似的条件：一种声音，明亮的或低沉的，其实也不重要，重要的是他够急迫，诚恳，坚定；一张面孔，不难看，甚至出乎意料地阳光帅气，或清秀俊雅；一份职业，能够明确地定义的，坦坦荡荡说出口的，任谁听了也点头的；还有学历、家庭、个性等。我们如此相信自己看见或听见的，如此顺从那些潜在的标准。最后，还要理直气壮地说，我们相信的是自己的感觉。

哪儿来的感觉？

即使知道对方生长在何处，走过什么样的路，遇见过什么样的人，但他内心深处有过怎样的憧憬和失落，怎样的恐惧和不安，怎样的犹豫和彷徨，我们又何曾细细去聆听，真的去懂得。

我们相信了爱的表象，还在甜蜜中，却开始计较谁拥有的多一点，谁付出的少一点。被宠爱与呵护时，沾沾自喜；

　　　　　　　　　　心田种字

而一旦所得与想象不符，就觉得委屈、挫败。

哪里像电影《伊莎贝拉》中那个从未出现的女子——伊莎贝拉。她如此深爱一个男人，在他违背誓言，离她而去；在她嫁人，与别人生下孩子后，仍然惦记着他的爱，并让自己相信，这个孩子仍然是他与她爱情的结晶。

如今，这个男人变胖了，浑浑噩噩，孩子却长成亭亭少女，来寻父亲了。在无尽的虚空里，终于也能寻得一份暖意。

电影用一曲曲干净、透明、精致的音乐来雕刻时光，唤回记忆，纪念一份逝去的美。

她想起电影中的台词：世界就是一座赌场，他们把你推进门，给你一种叫作"时间"的筹码，那是一种装在黑色袋子里的东西，谁也说不清自己手中的分量，掂起来似乎很轻。

她如今才知道，自己所拥有的筹码的分量越来越轻了。

都说澳门很小，这条街分手，很可能下条街就遇到了。但他们却迷失了。那天，他走那么快，她怎么也追不上，或者她也没想追上，只想保持着不远不近的距离，悠闲地逛逛。

那些从历史深处走来的小街巷，古旧的民居，传统的店铺，浓郁的烟火气，中西合璧的情调，弯弯绕绕间，竟然真就不见了他的身影。

她也不着急，就坐在石阶上等。该回来的一定会回来，该相遇的一定会再相遇。

是春节，召唤我们站在时间的码头上，停泊，等候，迎接一个新的轮回。

海浪的声音

那么纯净的蓝，一尘不染，悠远深邃，像是谁的眼睛。

坐了一夜的飞机，就为到印度洋的小岛上看一眼这片蓝，用大蓝融化所有的暗淡。

她想起另一个伊莎贝拉。

一个女子一袭白衣，伫立在海边，神情落寞而孤寂。她望着远方，喃喃自语：千山万水，千山万水，去和你相会，这样的事情只有我能做到。

风拂动她的裙摆，吹起她的秀发，她的眼神空荡、迷离、忧郁。

这是电影《阿黛尔·雨果的故事》最后的镜头。二十岁的法国演员伊莎贝拉·阿佳妮出色地诠释了这样的痴迷与决绝。

大导演弗朗索瓦·特吕弗赞她，一动一静，都是传奇。说她的眼睛能震碎摄像头。

这是怎样的眼睛，如何藏着星辰和大海？

阿佳妮演过的《迷恋》《罗丹的情人》《玛戈皇后》等，那些片中的女子都那么清纯痴情又那么疯狂决绝。而她自己的情感，也是令人唏嘘感叹。尤其是与影星丹尼尔·戴·刘易斯相恋6年，她曾甘心为他息影，全心全意地陪伴，最终的结局却是她独自生下儿子，他转身而去，与别人结婚。

她没有任何埋怨，她说：我们没法控制……爱情是神秘的，爱情令人着迷，它令人着迷，所以就会折磨人。

那一天是农历除夕，厚嘴唇、小眼睛、皮肤黝黑的华裔导游先生，拿着美元、人民币、印尼盾，他说要分别包红包给自己的三个妻子。他已经习惯了别人艳羡的目光。娶三个妻子，而且不用养活她们。在当地，男人就有这样的福气。

只是，不经意间，也会看到他的疲惫。他感叹，过节也不能陪她们，还要赚钱养活小孩。

是的，海岛，对于游客，是假期；对于他，是生活。

那天，她坐在海边，仔细分辨海浪的样子，由远及近，一层一层，在阳光下呈现不同的色泽。她把自己的心事铺展开来，再一层一层放进海里，由近及远，任它们漂流，被卷到深处更深处，消失不见。

后来，有那样的机会，风雨欲来的时候，她站在海滩上，听见铺天盖地的海啸声，她情不自禁地拿出手机，录下一段，发给远方的他听。

他说，什么也听不见。她放给自己听，"呼呼呼"的声音袭来，分不清是风声还是浪声。

（原载"周末散文五人行"公众号2019年2月1日）

美惠的晚宴

一

后来，我一再地想，是什么让她一眼看到了我？

是细雨霏霏中，那样一种迷途羔羊般的神情吗？

还是一份因心之自在而弥散出的朴素、平和与安然？

或者只是薄暮十分，空气中飘荡的清静和寂寞，牵引着我们？

沿着外双溪清澈的水流，走过素白的东吴大学牌坊，不过几百米的路程，就看到了榕树下那块刻着"钱穆故居"字样的石头。

继续往上走，就到了建在阳明山麓的素书楼前。

外墙上挂着横幅的画报，钱穆先生着长衫，左手烟斗，右手拐杖，面带微笑，临风而立。上有先生手书的对联：幼生金匮让皇山啸傲泾，让与傲习成性；老住台湾士林区外双

心田种字

溪，士而双享余年。

待推开红色的木门，却看到上面贴着"施工闭馆公告"。

抬头仰望半山腰上被绿树修竹环绕的两层小楼，还有枫树间隐约可见的白色和粉色杜鹃。

绕着院子来来回回地看，拍照。四周一片静寂。

遥想钱穆先生曾在此居住22年，写出31本著作。而我也仿佛看到先生的传奇一生，勤学苦读，奋力著述，孜孜探寻、守护中华民族共同的精神家园，以温情和敬意为传统文化呐喊。临终前，以九十六岁高龄完成最后一篇文章《天人合一——中国文化对人类未来可有的贡献》；更想见先生在素书楼授课，一口无锡乡音，神采飞扬，讲述历史与传统文化，客厅里挤满了学生的情景，有的学生连续听了20年，成为教授后又带着自己的学生来听；而他和夫人胡美琦在楼廊上，品茗观景，闲谈交流，或社会，或人生，或学问，恬淡自适，亦令人神往。

二

恍惚间，听见有人叫我。

回头看，是一个年长的女子，站在旁边另一座楼的斜梯上，着格子图案围裙，微笑，向我招手。

我走过去，听得她说：您方不方便跟我们共进晚餐？

晚餐？我想到自己午餐吃得迟，此刻还不饿，本不打算再吃晚饭了。

但她恳切的神情让人不忍拒绝。我想，这或许是一个孤独的女子，在这冬日清寂的校园，需要人陪伴。

我跟着她走上二楼。红棕色的墙面立柱上写着"安素堂"三个字。

走进去，才知道是基督教堂。她热情地介绍，安素堂建于1964年，是基督教卫理公会在东吴大学所设的教堂。

外面的隔间，摆满了鲜花，墙上贴着红色的对联，写着最简单的祝福，"吉祥康乐""福杯满溢"等。

教堂静穆，四壁素白，十字架镶嵌在深红色的背景墙上，8个盘子均匀地钉在周围。

她走到一边，按了一下开关，盘子顿时亮了，化身彩色的灯盏。

"你知道这8盏灯代表着什么意思吗？"

不等我回答，她接着说：第一盏代表虚心的人有福了，因为天国是他们的；第二盏代表哀恸的人有福了，因为他们必得安慰；第三盏代表温柔的人有福了，因为他们必承受土地；第四盏代表饥渴慕义的人有福了，因为他们必得饱足；第五盏代表怜恤的人有福了，因为他们必蒙怜恤；第六盏代表清心的人有福了，因为他们必得见神；第七盏代表使人和睦的人有福了，因为他们必称为神的儿子；第八盏代表为义受逼迫的人有福了，因为天国是他们的。

我静静地朝着灯光看了一会儿，不知为何，像是被谁说中了心事般，有种想落泪的感觉。

　　　　　　　　　　　　　　　　　　心田种字

三

除夕宴已经摆好，都是她亲自下厨做的。

一盘白灼大虾，一盘红烧吴郭鱼，一盘煎手工年糕，一盘蒜苗香肠，一盘香葱炒鸡蛋，一盘蒜蓉菠菜，还有一大锅玉米山药排骨汤。

五个人，四个姐妹，一个兄弟。除了我，都在卫理公会做事。

餐前，在她的主持下，我们认真地按照春节团圆围炉感恩礼拜程序，读启应文，读经，然后是感恩。

每个人依次分享2018年值得感恩、感谢的事情。

她先分享。这才知道，她的名字叫美惠。

她说一年前，她还不会做饭，但是这过去的时光，她有幸在安素堂，为教友们和大学的师友做礼拜聚会餐，从最开始的餐味难以下咽，到现在，能做几个像样的菜，深深享受为大家服务的喜悦。

那个叫秀的女子，说起自己在过去这一年，因为经济原因，由一个家庭主妇，重新进入社会，在卫理公会办公室做事，从零学起，操作办公软件。每天都在忐忑不安中祈祷，让自己聪明一点，进步一点，再有能力胜任工作一点。

我说起我工作的地方，我认识和喜爱的朋友，我们在过去的300多个日夜，长久的孤独，偶尔的欢聚，读过的书，走过的路……

我们就这样絮絮叨叨地说着各自的事情，彼此觉得新奇、好奇，又有着深深的理解，恍若相识了很久。

或许我们要感谢的都是一样的，感谢天上有光，感谢人间有昼夜；感谢温暖春天，也感谢凄凉秋景；感谢那抹干眼泪的时刻，感谢终会得到的安宁；感谢玫瑰有刺，感谢植物发芽，这些是爱和疼的证据。

四

一股清幽的香气始终弥散在四周，仔细看去，是餐桌上花瓶里插着几枝白色的香雪兰，搭配着黄色的智利百合，粉白的桔梗，长长的尤加利叶。

香雪兰的花语是纯洁的心，尤加利叶代表着恩赐，这一定是美惠特别准备的。

餐后，美惠端来一盘大青枣，嚼一口，鲜嫩多汁。

她见我爱吃，装了一袋子，让我带走。

我感恩地拿着，开心地和美惠道别。

我想，我没有理由拒绝。因为，这是神的晚宴。

（原载"周末散文五人行"公众号2019年3月8日）

心田种字

在春色和月色之间

一

长途火车上，四周都是旅客，在站了很久之后，不知怎的，竟找到一个靠窗的座位。

已是深夜。大家都在似睡非睡之间，迷糊一阵，醒来一阵。

月光照进车内，溶溶的一片，似乎把车厢内各种食物、汗液、脚臭等混合起来的怪异的味道冲淡了。

她那时正年轻，其实也不很在意这些，只要能有一趟车，把她带向远方，就欢天喜地了。

也忘了是怎么看到了对面的他。或许，他早就看到她了。

一双细长的眼睛，带着倦意，不惊不喜，仿佛对什么事情都很漠然。

也许就是这种漠然，让他轻易地和周围的气息融为一体，轻易地隐藏在人间的每一个角落。

他们就这样沉默着，有时睡去，有时醒来，有时看看窗外的月，有时眼睛掠过车内的旅人，也掠过彼此。

天渐渐亮了，车窗外的风景也渐渐清晰。

那是她不曾见过的春日美景，孔雀绿的水面，晶莹透亮；高大的芭蕉树，绿意葱茏；漫山遍野的杜鹃，淡红、杏红、雪青……她把脸贴在窗上，专注地往外看。

"你去哪儿？"

"贵阳。你呢？"

"昆明。"

他们还要面对面坐上一个白天，然后，她下车，他继续前行。

中途，到某个小站，他们下来，伸伸腰，吸一口新鲜的空气。暖风吹起他的头发，掠过她的面颊。

不记得是哪一个瞬间，忽然有了异样的感觉，似曾相识的感觉。电影里某个人的神情，她那时正迷恋的某个演员的神情。

她期待，但并不迫切。一段旅途而已，很快就要擦肩而过，各自消失在茫茫人海。

他拿过面前的报纸，在空白处认真写着，然后把报纸推到她面前。是他的姓名，联系方式。

他说：你记一下，然后把你的写给我。

她一定是写了。但她不记得自己写了什么，只记得他的名字。后来，那个名字被她反反复复写下，一个再普通不过

　　　　　　　　　　　　　　　　　心田种字

的名字，化作动听的音符。

二

很多年后的春天，下了班，走出单位大楼，抬头仰望深蓝的夜空，看洁白的月亮挂在素白的玉兰枝头，她会觉得时间从未流逝，它只是在画一个又一个圆。

火车上的情景偶尔会浮现在她的脑海，那一幕在她的生命中到底有什么意义呢？

那样一见钟情的相遇，在这人世间，想来也是极平常的事情。不在此处相遇，就在彼处相遇，或者一眼爱上，会有后来的海誓山盟，轰轰烈烈；或者是终归于平平淡淡的相守，淡到像身边的一个摆设；又或者阴差阳错，擦肩而过，留下遗憾和叹息。

然而对于她，他，这些却都不是。

不久之后，他来看她。从湖南衡阳到湖北武昌，不远不近的距离。

他把头发剪短了，很精神的样子。她却有些失望，一时间觉得陌生，至少不是初见的样子了。

小小的失望，她很轻易地就掩饰过去。她尽力待他好，带他品尝美食，逛街，看美景。在江汉路步行街，他们品评橱窗里的摆设，互相印证最喜欢的款式和设计，以证明彼此的眼光和品味，多么默契和一致。

他们认真地谈恋爱：送花，一大束的玫瑰和百合；牵手，牵得两手出汗发腻；拥抱，以最甜蜜的姿势……

做好毕业论文，她就迫不及待去看他。

他住在铁路边，很清静的职工家属院。他带她沿着长长的铁路线散步；带她去不远处的飞机场，等夕阳落下；带她去夜晚的湘江边，听情人们隔江呼唤……

"衡阳雁去无留意""洞庭春水绿，衡阳旅雁归"，见到火车站广场上大雁展翅的雕塑，她在心里念叨着这些诗句。

他说：衡阳有回雁峰，是南岳衡山第一峰。北雁南飞，到此地歇翅栖息。第二年春天，又返回北方。

她故意说：那我住到明年春天再回去好了。

他认真地回答：永远留在这儿吧。

还是匆忙地走了。因为接着要读研究生，毕业事宜并不多，处理完之后，就是毕业聚会。

离开喝得东倒西歪的同学，她去公用电话亭打他的传呼机，打了很多遍，终于回了。一个女生的声音："我是他的女友，你以后不要再打来了。"

她知道那不是真的，一定是玩笑话。不是玩笑话，她也不会相信。

那个秋天，入住了研究生宿舍，三个人一个房间，还经常有人不在，于是显得空落落的。她坐在阳台上，对着山，对着山上层层叠叠绿色和黄色的叶子发呆。

他去了广东，很忙，偶尔有电话。

心田种字

终于有一天，她郑重地写了一封信，郑重地说分手。

她是这样的个性，凡事需要给自己一个交代，下定决心之后，就能做到忘却。

三

她真的几乎忘了，直到第二年春天。

一个清晨，她接到他的电话，声音像是从很远的地方传来。他说，他已经出发，希望能见到她。只是看看，哪怕只是远远地看上几眼，就可以了。

她仍旧穿着那件淡绿色镂空薄衫子，叶子图案的印花及膝裙，粉紫色的包头凉拖。

她站在行政楼后面的人行道上，左边是山坡和密林。她在月色里站了很久，来来往往的车辆很多，她不知道他在哪儿。

他发短信，说看到她了，很感谢她能如约出现。

她在心里苦笑。

真像是一个圆满的爱情故事。说圆满，是因为它有头有尾，有始有终。两个人都有过被点亮的瞬间，都有过认真的全情投入。

一切都像是恋爱的样子。在恰好的时间，只是她或他都没有足够的美，足够的好。

于是，这一场为爱而生的病，很快就痊愈了。

比起后来那些狼狈仓皇的结局，那些不了了之的伤痛，那些不知如何摆脱的命运之网，这个故事就成为一个故事，永远地被悬空，搁置在记忆的某处。

当年，叶芝初见茅德·冈，他写道：她伫立窗畔，身旁盛开着一大团苹果花；她光彩夺目，仿佛自身就是洒满了阳光的花瓣。

很久之后，在她和别人结婚之后，他写下痛彻心扉的句子：亲爱的，不要爱得太长，我曾经爱过，爱得长长、长长，于是我渐渐过了时，像老掉牙的曲子一样。

还是在春天，成为一朵花，玉兰、丁香、早樱、梨花或者苹果花吧，在阳光下绽放，在月光里翩然，倏然凋零，永恒芬芳。

（原载"中国副刊"公众号2019年4月5日）

心田种字

铁艺风灯

黑暗中，她摸到那盏宜家镂空星形图案的铁艺风灯，前几天放的花瓣小蜡烛还在里面。她熟练地打开风灯的小玻璃门，取出蜡烛，拿到厨房，打开煤气灶，蹿出蓝色的火苗，她想就势点着蜡烛，因为芯太短，试了几次，才勉强点着。她浑身已经冒出了汗。

她把乳白色的铁艺风灯放到餐桌上，粉紫色的蜡烛闪烁着梦幻般的光芒，女儿欢呼起来：好漂亮！

这盏灯有多少年了，有点记不清了，但至少比女儿的年龄要大。但当然，没有他们的婚龄长。因为她清楚地记得他不屑一顾的样子，对这盏灯，对门口的手绘鞋柜，对墙上的木质日历牌，对白色的韩式家具，对碎花图案的布艺沙发、布艺窗帘、布艺台灯等，还有，对她这个人。

母亲在楼下耽搁了许久才进屋。她已经熬好了小米粥，菜切了一半，就停电了。母亲来这里三个月，这还是第一次遭遇停电，又恰在夏天，四周闷热。偏偏远在甘肃的表哥半个钟头前打电话来，问小区的具体地址，说已经到商城了，马上导航过来。

她在心里祈祷着他们慢一点，再慢一点。最好，等来电了再到。

然而，很快就到了。

一件件行李先轰隆隆地进来，然后是三个黑影。

哦，她已经不记得表哥表嫂的样子了，他们说的话她也听不大懂了。表哥似乎意识到这一点，对她说的竟是颇为标准的普通话。表哥风风火火地把微信展示给她看，激动地说：我明天就去浙江参加一个代理培训，这次肯定能大赚一笔。

她看清楚了，还是那个表哥。黑黑瘦瘦的，脸庞却是瘦中带着圆润，眼神里有一团火。

听说这几年，他在家乡宁县和盛镇建了一座寺庙，在她的想象中，此刻的表哥即便不吃斋念佛，也应该慈眉善目，波澜不惊。怎么一见面就说赚钱、发财这等俗事？

身上的汗越来越多，她心里越发着急起来，无论如何也不能就这么在家里呆坐着，这么挥汗如雨地吃饭。她想拿手机，替他们订个宾馆，然后带他们去饭店。手机竟然找不到了，她来来回回翻背包，翻手包，到餐桌边找，到厨房找，到卧室找，都没有。

一时间她懊恼不已。

仿佛这十多年的时间都白过了。她又被打回原形，仍然

　　　　　　　　　　　心田种字

是那个内心脆弱，却又虚荣心极强的学生，什么都想要，什么都没有。

她拿起母亲的手机，只能打电话发短信的老年机，她打给他。

他迅速回应，我马上订好宾馆，很快过去。你带孩子先找个有空调的地方做作业。

她放心了。这个世界上若有人让她可以彻底放心地依靠，除了父亲，似乎也只有他。

那么雷厉风行，那么果断爽朗，极强的行动力，从不拖泥带水。

他们都坐在餐桌前了，她觉察出母亲的兴奋。母亲在黑暗中又炒了什么菜。

她拿起女儿的书包，一伸手，竟在里面摸到手机。快没有电了。她拉着女儿的手，去了小区对面的粥店。干净、清凉，一时间，离那个黑暗的世界很远。她长舒一口气。一个小时后，表哥和儿子彬彬，母亲和表嫂，已经分别入住附近的宾馆。又过了半个小时，他打电话来，说：回去吧，来电了。

屋里静悄悄的，不久前的慌乱仿佛不曾存在过。她按下吊灯开关，打开空调，为马桶冲水。

她对女儿说：洗个澡，睡觉吧。

他也回来了，拿了什么东西，到处看了看，说：我明天出差，回那边房子去住了。

她"嗯"了一声，就听到大门咔嗒一声关上了。

一切如常，安静、平静，还有和女儿温馨、甜蜜的睡前时光。但她隐隐对自己有些失望。

原来一次停电就可以打破日常的秩序，内心的秩序，兵荒马乱一般啊。

第二天早上，还未睁眼，就听到母亲在厨房忙碌的声音。她和表嫂已经从宾馆回来了。表哥已经乘高铁去了丽水，彬彬在忙自己的事儿。

那一天的早餐，依旧家常、丰盛，是母亲多少年来赐予的温暖之一。他们相对坐着，埋头吃着，和表嫂也没有过多交流。她上班去了。

下班回来，表嫂还在床上躺着，母亲说：坐了几千里地的车，累了。

晚饭后，表嫂似恢复了常态。微笑着拿出手机，给她看照片。那都是寺庙的照片。从一片狼藉的工地，到建筑中的脚手架，到初具规模的正殿、侧殿、山门；建成后的典礼，甚至有外地佛教协会来参观交流，诸多法事祈愿场景等，更有晨光中她和自己在寺庙中种植的月季花的合影。

表嫂絮絮地说起，前几年自己身体多么糟糕，腿部风湿严重，几乎走不了路，整日卧床。吃了很多药，用了很多偏方，效用不大。萌生在当地重建卧龙寺的想法之后，表嫂和表哥筹借了150万元人民币，当地的村民也自愿捐献了一些。建成后，为了还账，他们开始卖花炮。也是奇了，那几年，花炮生意特别好，每年能挣三四十万元，到现在只剩五六万元欠款了。尽管忙忙碌碌，她的病也竟奇迹般地痊愈了。现在走南闯北都没问题。

表嫂的方言她不全懂，但她大体听明白了这些。

她只有惊叹，赞赏，欣慰。一时间，她理解了表哥的急切，那急切中有一种生机勃勃的力量。

记忆忽然回到那个大院，门被反锁了，她站在院子里，着急地喊：永科！岁牛！快开门！

先是一个结实的身影出现在门缝里，坏笑几声，转眼又不见了。

然后是一个清秀的脸庞，最终还是大表哥永科给开了门。

那时，她五岁，第一次去远方的舅舅家，面对那么多陌生的亲人，很是害羞。

那时，表嫂还没有娶进门。后来，她看到表嫂的照片，也是那么清秀，羞涩，她觉得表哥表嫂好般配。

那时，她唯一的亲姨还很年轻，生了一个叫蓝蓝的女儿，比她小一岁，两个女孩在一起玩得很开心。

后来，很久之后的后来，她从母亲那儿得知，蓝蓝因为难产，死了。

母亲那时最担心姨承受不住白发人送黑发人之痛。

去年，唯一的亲姨也不在了。因脑梗猝然离世，才六十三岁。

母亲那些天，独自在老家，默默垂泪。她每次跟母亲通话后，独自在商城，默默流泪。

此生，她只见过姨一面。在她的记忆里，姨面容柔和，轻声细语，勤快贤惠，深居简出，她从不曾离开那个省，那个市，那个县，大概到过最远的地方是镇上吧。

　　一切都随风而逝，记忆或深或浅，终将越来越远。

　　所以，两天后，当表嫂返程，她反而格外强烈地想念。他们还在这人世间奔波，奔忙，承受苦累，收获硕果，期待奇迹。这，多么好！

　　而她自己呢？这一笔一画的名字，还是如铁艺风灯里的烛光，忽明忽暗里，没能写稳啊。

　　　　　　　　　　（原载《文汇报》2019年9月1日）

　　　　　　　　　　　　　　　　　　　　心田种字

天长地久

一

她任凭一双手挥舞着，在她脸上扫荡、涂抹，粉底腮红，一层又一层，然后粘上长长的假睫毛。

她看着镜子里的自己：脸庞似乎更大了，所幸下巴还是尖的，不然简直惨不忍睹；眉梢上翘，有一点说不出来的风情，是大街上流行的那种风情，甜腻庸俗的，总之不是自己原来的气质。

她没办法对化妆师说，卸妆吧，让我素颜出镜。

她没有那个勇气，就像面对生活的种种赐予，面对难以言说的真相，她也只是一味接受、忍耐、原谅、后退。

她总以为自己是乐天派，有很强的承受力，刚刚痛哭一场，转眼就笑靥如花。她把所遇、所得、所失，尽看成因缘。前世的偶然回眸换来今生的擦肩而过，这些浪漫单纯的念头深入骨髓，使得她很少埋怨，轻易就谅解了所有。直到某个时刻，她发现短暂的人生，早已无路可退。

她尽力配合着摄影师，这种时候，身边的男人也像一个道具。她着公主型白色婚纱，他穿一身白衬衫黑西装；她着玫红色鱼尾裙，他穿粉色衬衫；她凤冠霞帔，他就换上大红状元服。

她一直微笑着，直到笑容渐渐僵硬。她暗自担心，那些照片会好看吗？

照片不好看，但数百张里面总能挑出几张像样的，于是，那像样的就被抱回家，搁着摆着，很多年动也不动，成为恒久的表情、姿势。

她有时会想，那家叫"天长地久"的婚纱摄影店还在吗？但她已经不想穿过这座城，走过热闹的街道，拥挤的人流，去亲眼证实。

城市变化这样快，身边的小店能够存活十年以上便是奇迹。一个朋友的电话号码如果十年没有变过便觉罕见。常常，手机里，一个人的名字后面存了好几个手机号，她分不清哪个是新的，哪个是旧的。一般也不打电话，遇到急事要打的时候，就一个一个试着打过去，一听声音不对，就赶紧挂掉。

来到绿城，工作15年，她的手机号码不曾改变，是因为懒吧？换了多麻烦，为什么要换呢？但身边的朋友还是不厌其烦地换号码，隔一阵子就发过来新号码，请求惠存。这么多号码早就不再刻意去记，也无论如何记不住了。

心田种字

奇怪的是，她印象最深的还是他最初用的那个手机号码，那么多像诗句一样的甜言蜜语，她本来是有心要拷贝一份存在电脑里的，可是电脑也换了好几台，到底存到哪里了呢？

二

在海边，他们格外地放松下来。换上了精心准备的情侣装、情侣项圈、手环、拖鞋，一切都是成双成对的。

自己设计姿势、表情，趴在沙滩上，双手捧腮，四目对视，含情脉脉；在海边岩石上躺下，伸展四肢，想象变成一滴海水、一朵云，表情都是陶醉的；在浅海，她趴在他的背上，笑成一朵花。

走到哪儿都牵着手，连睡觉也是。在星空下，牵手入眠，多么美好的画面，虽然美好里已经有深藏的不安。

每一座孤岛都被深海拥抱，每一颗星星都与银河相交。想起这样的句子，想起当年那些一起拍照的情侣。

有十对吧，一起到日照海边，也许各有心事，但看起来都是青春飞扬、甜甜蜜蜜的。

印象最深的是帅和小辉。那天，余晖照着海滩，小辉在旁边不停地画着大大的心，里面写着：我爱你，帅！

帅是那种瘦削高挑的女孩儿，长相却并不秀气，有一点像歌手范玮琪，和小辉站在一起并不很相称。然后，小辉的执着感动着我们。

那时女朋友们都爱听范玮琪的《一个像夏天，一个像秋天》，互相倾诉心事，互相安慰失恋，然后看着彼此义无反顾、欢天喜地去结婚。其中的细节她们都替对方记着，甚至比自己的记得还清楚。

就像那些年，在卡拉OK震耳欲聋的包间，不得已开口唱歌，她大概只会唱刘若英的歌，反反复复就是那几首，《后来》《为爱痴狂》《一辈子的孤单》《当爱在靠近》《原来你也在这里》……

大概是2010年6月吧，刘若英来绿城，在国际会展中心开演唱会，那次的主题是"脱掉高跟鞋"。她第一次见到刘若英本人，和想象中的一样，认真、倔强、清澈、忧伤、明媚。那时，她已经结婚，陪她同去听演唱会的却是好友的先生。同样痴迷刘若英、在车里放了很多刘若英的CD的那位先生说，幸好这时候我们都已经结婚了，不然听刘若英的演唱会，一定会流泪的。

那天，他们确实没有流泪，只是很投入地跟着哼唱，他们其实适合在草原、在大海边、在山林间歌唱，在大自然的怀抱里发自内心地歌唱，让栀子花、白花瓣落在蓝色的百褶裙上，让十七岁仲夏夜的吻在星光下闪耀；不管沧海桑田如何变迁，仍然痴傻地追问，你敢不敢像我这样为爱痴狂；仍然简简单单地想，日子再忙，也希望有人一起吃早餐；还是愿意在千山万水的人海相遇，终于尘埃落定，喜悦地问一声：原来你也在这里吗？

　　　　　　　　　　　　　　　　　心田种字

不知道帅和小辉后来怎样，那些一起拍婚纱照的朋友在哪里。其实，又能怎样，还能在哪里？生活无处不在，生活大体相似。

三

十多年前，绿城文化路上有家服装店，不过十几平方米的样子，挂满了各种当季的衣服，她喜欢那些碎花的、蕾丝勾边的、设计别致的衣裙，总能在那里淘到几件。四五件衣服，不过七八百块钱，不贵又好看。最羡慕的是店主，每隔一段时间，都要打烊休息，满世界地跑。然后再回来，夜以继日地忙碌、赚钱。我向往那种自由自在的生活，因为做不到，更加羡慕着。

后来，在城市西郊，她见到城市之光书店的老板小开，像一个诗人的小开，有一种安静的、闲散的、漠然的气质，眼神总不知看向何处，笑容却是低调温和。得知他们夫妻一个周游世界，一个守着书店，所得、所求，无非是身体和精神的自由。

不以爱的名义互相束缚，就好；彼此还能给予温暖，而不是冷漠和刺痛，就好。然而，多少人能做到呢？

春天，在江南小城富阳，走在达夫路上，不经意间看到旁边小巷子里的小吃店，走进去，看着餐牌上写着青菜肉丝汤面 / 粉丝，雪菜肉丝汤面 / 粉丝，油渣汤面，猪肝汤面，炒粉丝，炒年糕，面疙瘩，菜泡饭，等等，很自然地带着外地客人好奇的神情问：哪样最好吃啊？

老板夫妇都已六十多岁了。先生看起来脾气很好，和颜悦色地说，当然都好吃啊。

她犹豫了片刻，说，要炒年糕。

餐桌上有一份展开的《钱江晚报》，上面放着一副老花镜，镜腿压着新闻标题：《如何避免高速"观光一日游"，这里有干货》。

十多分钟后，一盘绿豆芽包菜炒年糕端上来了，她尝了一口，香软。她一边吃一遍称赞，一直绷着脸的老板娘，眼神顿时柔和了许多。

吃完后，老板娘问够不够，她说足够了，很饱。老板娘说，我就说嘛，一个姑娘家，能吃多少，小份足够了。刚才切年糕的时候，那位一直说切得太少了，不好意思端给客人。他这个人一辈子就这样，真可笑！

她心里一惊，这才注意到老先生早不知什么时候已经不在店里了，或许在他专心看报纸新闻标题的时候已经出去了。外人在，分明是不适合吵架的。

她也这才注意到，这家小店，主要是做外卖生意的。店里只有这一张稍大的桌子。大概，只有像她这样头脑简单的外地人，才会专门到小巷子里寻美食。

到底是哪里不对劲呢？仅仅是食材多少的问题吗？

继续沿着达夫路，走过各色仿古建筑，看到街旁柱子上

　　　　　　　　　　　　　　　　心田种字

的玻璃柜子里存放的郁达夫小说，她想到《沉沦》中的一句话："知识我也不要，名誉我也不要，我只要一个能安慰我体谅我的心。一副白热的心肠！从这一副心肠里生出来的同情！从同情而来的爱情！"

郁达夫轰轰烈烈得到了这样的爱，又轰轰烈烈地毁弃了。那么，这句话到底有什么相干呢？她一时也想不清楚。

类似的情形，眼见过不少，是大多数人的日常。只是，每一次，都仿佛在波澜不惊里，看到生出了苔藓，发生了霉变，这里一点，那里一点。

偶尔，还会因为风的缘故，飘摇闪躲，但似乎，并不影响天长地久。

（原载《漯河日报》2019年9月3日）

玛吉阿米的约定

一个无比芜杂又无比纯净的世界。

一个无比陌生又似曾相识的地方。

我们回到拉萨，这次是四个人同行，应该说五个，另外一个前世应该是一只飞鸟，到今生，仍然悠游自在，独自享受旅行的乐趣。

我不知道是什么样的偶然或必然让我们聚在一起。总之是热热闹闹的，一路欢声笑语，陌生感在一点点消失。

我那时一直在听一首歌——《一次就好》，杨宗纬的声音饱含深情，有一种难言的命运感。后来，隔着上千个日子，再听这首歌，仍然会想起当时的情景。

当时如何？

他仍是那副波澜不惊，甚至有点冷漠的神情，但被无处不在的清透的阳光拥抱着，暖意渗入骨髓，他眉头那一点尘世的愁云已经散开。他只是不习惯激动，不习惯将强烈的感

心田种字

情外露。仿佛旧时窗格上的影子，远远望着，无比陌生，仿佛要拒人于千里之外。走近了，却看到眼神中闪烁的笑意，还有燃烧的热情。所以，叫他小窗吧。

她呢，爽利的短发，穿着休闲衫，上面是萌萌的动物图案，男孩似的。话不多，三言两语，也许是最通俗的言辞，就是都市报上那种最亲民的语气。即便内心深处有一抹深深的蓝，她也只是呵呵地笑着。我想象她把日子过得密密实实，但也有深夜难眠的时刻。靠着自我调侃，她能渡过所有的艰难。她是燕子。

还有一个她，和我一见如故。大概我们都笑称自己长得比较复古，不是什么第一眼美女，要穿上各种复古的装束，才能显出我们的穿越气质。我们当时搂在一起，在桃花树下，拍的那些薄纱轻舞的照片，的确有一种难以唤回的美。我们互相交换心事，仿佛失散很久的姐妹。她是眼睛细长，脸形瘦削，甜美又妩媚的小雪。

我们迈着略显奇怪的慢步子，向八廓街走去。

路上碰到那个飞鸟般的女子，她游荡了大半夜，正要回去休息。我们笑着互道平安，珍重，然后分手。

在八廓街上，我记得小窗对着那些匍匐在地、虔诚朝拜的人，微皱了眉头，说：何必这样，把衣服都弄脏了。

我笑了，说：这样的时候，你还想到衣服？真是凡心太重！其实，我也想扑到地上去，忘却衣物，忘却肉身，在无比单纯、无比机械的动作中，让精神飞升，带灵魂到雪山之巅，到云天之外。

但我们仍一路逛着店铺，在琳琅满目的饰品间流连。直到看见街角那座黄色的房子。

这座叫"玛吉阿米"的藏式餐厅，总让人联想到那位月亮般纯美的少女，她和仓央嘉措就是在这里邂逅的吗？是不是这里又有什么分别呢？总是在这个城市的某个地方，一次回眸，相思成灾。

我们坐在二楼靠窗的位置，厚重复古又温馨的风格，让人觉得安心。点了酥油茶、糌粑坨坨等，我渴急了，要了一大杯青瓜汁。窗台上摆满了笔记本，写着各地客人的留言。

我抽出一本新的，打开，我想写些什么，手却一时颤抖起来。使劲儿按着，勉强抄录下我数天前第一次到拉萨时写的诗。那时，飞鸟般的女子也在，还送我红景天，缓解我当时的眩晕状态。那时，我在眩晕中躺在旅馆的床上，隔窗与布达拉宫晨昏相对。

藏

藏到哪里去呢？
洁白的云朵在山尖投下了阴影
布达拉宫像是一个梦
打开窗子
童话缩小了，伸手可及

摇摇晃晃走在朵森格中路

那么多金子

那么多虔诚的心

藏到哪里去呢？

每一条河流，每一棵树

都带着苍茫的神情

每一座房子，每一扇窗

都舞动炫彩的庄严

思念飞得太快了

把身体远远地甩在后面

藏到哪里去呢？

莲花灯明明灭灭

世界是一个巨大的斜坡

每一次费力地爬上去

都像是在等待

下一次滑落。

　　在另外一张空白页上，我写下：某年某月某日，小窗，燕子，小雪，风儿，四个人从广州、武汉、新疆、郑州，回到拉萨，相聚于玛吉阿米。20年后，我们又会在哪里？我记得当我写下"20年"时，他们三个脸上的表情。怅然，惘然，默然。

我们约定那时再相见。其实我们都无法预知，那时会在哪里。

可以肯定的是，很久远的过去，我们曾来过。那时，我们是天空的一朵云，是河流中的一滴水，是大地上的一棵草，是稀薄的空气，是流动的风。

或者是一只猫。白色的，胖胖的，尾巴上有着黄褐相间花纹的猫。

它跳上我们的餐桌，把小窗和小雪惊得几乎跳起来，它却是从容不迫，等我把面包掰碎了，喂到它嘴里。然后优雅地卧到窗台上，夕阳射进室内，照到它身上，闪烁着迷人的光芒。

走出玛吉阿米餐厅，下台阶的时候，碰到前来的几位客人，见我们欢喜的样子，问：这里很不错吧？几乎是异口同声地回答：是的，主要是心情好！

那一刻，也许我们的身上都闪烁着诗意的光芒。有些什么，在内心深处，被唤醒了。

走在街上，很快，月亮升起来了。那明月皎颜，玛吉阿米醉人的笑脸，冉冉浮现在心田。

那以后，还有很多以后。所有的故事，不过都带着相思和寂寞，在红尘里兜兜转转。

（原载《郑州日报》2019年11月4日）

心田种字

红枫叶　黄风衣

一

友人从微信上传来照片，在芝加哥拍的，一树红枫，那么纯净、纯粹的红，倒不像是燃烧的火，是自澄碧的天空降下的绝美，更是大地深处生出的温暖。因为四野萧索、寒意渐浓，而带着一份被冷清、沉静过滤过的热烈，也因此呈现出恰到好处的冷艳。

她熟悉这样的感觉。在人世间存在几十年，最爱的还是秋和冬的交汇处，那种秋意深浓，盼初雪的心情。

有好几年时间，每次动笔写文章时，她总是打开耳麦，听城之内美莎的《初雪》。音乐响起，便觉得身心轻盈、澄澈，四周的一切纯白，透明，只有那些文字，或飘散，或凝结，终于降落在她的手心。

那种情景，像是深秋时节，她站在法国梧桐树下等谁，一片落叶从眼前飘落，悄悄地停留在脚边。欢喜地捡起来，心里感叹：好美的叶子！拿在手中，带着一股自豪，仿佛是老天专门赐予的礼物。她想，纵然这尘世的网，种种缘分和际遇，到最后常常不免让人灰心，因为掺杂着太多的泥和沙，会硌得人生疼，但因为有春花秋叶，这自然造化带来的奇迹，这一次次惊艳和喜悦的感觉，所以每一年、每一天都值得过，值得在时光里一再、一再地经过、穿行、轮回。

整理办公桌，看到去年捡拾的五六片梧桐叶，比手掌还要大得多的梧桐叶，浅褐色的叶子，带着卷边儿，安静地躺在书架上排列整齐的书上面。她希望它们一直沉默地陪伴着她。只是，手一碰，就要碎了。她带不走它们，还有那束粉色的满天星，思忖踌躇半天，只能拍照，然后舍弃。而那些小巧的榉树、樱树、白蜡树、香樟等褐色、黄色、红色的叶子，夹在书里，倒能保存很多年，每一片都带着记忆，含着某个时刻的心情，载着回不去的光阴。

物比人长久。那些千年的银杏树，在济源看过，在黄柏山看过，在珞珈山上更是看了数年。满地黄叶堆积的时候，她沿着樱花大道那边的山坡走下去，仍旧坐在林中的石凳上，摊开书本，抄抄写写。那些被磨光的石凳，略有残损的石凳，苏雪林坐过吗，凌叔华坐过吗，闻一多先生呢？他们都曾是那些灿烂风景的一部分，也曾透过那些古老的建筑门洞，落地玻璃窗格，一次次感受铺天盖地的惊艳和诗意。

奇怪的是，在枫园住了三年，却没有对哪棵枫树留下深刻的印象。反而是那一年，在梅园，去看一个朋友，一个学物理的女生。在宿舍楼前等她，一抬头，就看到了那棵高大的红枫，也有百年的树龄了吧，红得一尘不染。她站着，看了很久。如今想来，那棵枫树，和友人从芝加哥看到的枫树竟何其相似！枫树也会行走吧，也有感应吧！那时，一个回首，一个转身，都能看到画中的风景，反而浑然不觉。但那些诗意的种子弥散在骨子里，等待某一天，被丝丝缕缕的痛感激发，借被光芒照耀的词语再度飞翔。

二

那种情景，也像是初雪时，乘民航大巴去机场，路上，隔着窗玻璃，看到雪花飘落，她真想让时间停下来，好接住一朵雪花，感受其在掌心融化的温柔。那时，她带着不舍的心情发短信给某人，得到的回复总是简短、温暖，让她的心情瞬间安稳。

坐在办公室里的时候，其实也总不想离开。按部就班的生活，竟然也这么迷人。大概总能从所做的事情中获得滋养，总有平静中的热爱，总有苦闷中的激情，何况还有一年四季不停带来惊喜、安慰的花和树，所以，每一天，光阴这么有条不紊地向前去，简直不是在流逝，而是周而复始的永驻。这样，天长日久，会把自己磨砺成一颗珍珠吗？

但变化总会来临，即使是渴望已久的变化，心里总还留恋着，即使是期盼已久的离开，也还要频频回首。也许，最舍不得的还是那些树？春天，一棵白丁香，一棵紫丁香，一棵西府海棠，一群樱花，一群梨花，满篱的蔷薇；夏天热烈的蜀葵，榴花照眼，一树一树的紫薇娴静动人；秋天，金桂丹桂飘香之后，便是栾树挂起了小灯笼，黄得迷人眼的白蜡树，拥有红褐色细长叶子的高大榉树；初冬时，满地金黄的银杏叶是最热烈的压轴戏。她想，早晚，要把它们写在文字里。记下那些中午静谧安然的漫步时光，仿佛那是她一个人的园子。

远方有什么呢？为什么总是一再地想出发，奔向远方？

每个人都像是着了魔，匆匆把自己运往某个地方，一番徜徉拍照，然后再匆忙地返回。"人生无根蒂，飘入陌上尘"，她已经厌倦了某个短时间的旅程，她想要回自己的时间，慢一点，再慢一点。陶渊明先生那"日月有环周，我去不再阳"的感叹，她已深深地明了，只是觉得没有必要"悲戚""断肠"，因为所有的荣华都难久居，所有的盛衰都不可预计，我们能做的，只是更深地去体验，领悟种种人生的滋味。而其实，上苍给予每个人的时间都已足够，只是看觉悟的早晚而已。

那一次，是去南方的某个城市。南方的冬天，阴冷，潮湿，那些会议并非她的主场，不是非要参加不可的，但仍然想去那个城市看看，想去见见那些只听过名字的大咖。终于也是见到了，也是满满的收获，笔记也记了很多页。更重要的是，在那个闻名天下的藏书楼里，隔着玻璃柜子注视过那些泛黄

　　　　　　　　　　　　心田种字

的线装书，在那江南园林般美丽的院子里，触摸过五角枫，那尖尖的叶角，暖到人心里的颜色，让她生出幻想，梦想在那里当图书管理员。

她分享五角枫的美图给友人，把这个梦想讲给他。他说，可以，退休之后吧，还要等30年?

他是认真的吧，这让她感动。就像那时，只要收到短信回复，她就可以安心地睡去。

缘起缘灭，所有的一切有开始便会有结束，她只希望珍惜波澜不惊的人生里这些温暖的时刻，搁在记忆里，记忆也许会消失，烙在心上，就谁也带不走了吧?

三

站在红枫树下，应该穿着黄色的风衣，就像女朋友们去看胡杨林，要有一条长长的红丝巾搭衬。世间动人的场景不多，自己营造，留一份美妙的回忆。

她曾拥有过一件叶黄色的风衣，那么好看的颜色后来竟难再寻觅。那是她自己买的第一件风衣。十八岁那年的秋天，和同宿舍的女孩一起去汉正街，坐了很久的公交车，头都晕了。迷宫般的小街，店铺，衣服堆积如山，一时间眼也看花了。幸好同学机灵，一副熟客的样子挑挑拣拣，跟别人讨价还价。那种款式的风衣简洁大方，女店主颇具风韵，自己当模特穿了一件。同学挑了玫红色的和墨绿色的，她要了叶黄色的。

那一次，她还买了白色的高领毛衣，蓝色的牛仔裤，满载而归。

坐在公交车上远远地看到学校的大门，她的心情竟莫名地激动，仿佛回到了家，这是真正属于她的地方。她深深吸了口校园里清爽的空气。后来，很少再去汉正街，似乎又去过一次，但空手而归。她一直恐惧拥挤的人群，促狭的环境，即使衣服再好看，东西再好吃，她也不愿意去，去了也只想尽快逃离。

那件和秋叶一样颜色的风衣，让她感觉自己不一样了。好像从那之后，她逐渐地会打扮自己了。回想这么多年穿过的衣服，她觉得和她读过的书一样，她是在通过这些寻觅自我。要穿过很多件喜欢或不喜欢，适合或不适合的衣服后，才能找到那些最妥帖的，像是精神外化的衣服。

这个时间很漫长，要经过又一个18年。

找到后，心才真正安定下来。出门不再为穿哪件衣服踌躇犯愁，哪一件都妥帖，还有围巾，手包，鞋袜，都是自己的一部分。旅行也一样，就是日常那些衣饰。前一天晚上还在赶一篇文章，第二天早上仍旧穿着昨天的衣服，再从衣柜里随手拿出几件，装在箱子里，就可以奔向高铁站、飞机场。

不再为衣服焦灼不安，精神上竟也随之安然，走到哪里都像是熟悉的地方。就是那种安之若素的感觉吧，和自己在一起，舒服地在一起。

然后，某个时刻，静心想一想，却原来，一切的妥帖和释然，是因为到了人生之秋了。

想起多年前喜欢听收音机里一档音乐节目，每次节目结束，主持人都会播放《海上花》的背景乐，然后用温厚的男中音附上一句：夜凉如水，祝君平安！

秋凉，冬寒，她也想对着天涯海角的虚空里说一句：祝君平安！

（原载"周末散文五人行"公众号2019年11月15日）

幽蓝之境

一

她走出车厢，在站台上深呼吸。发了一会儿呆，回过头，列车已经关上了门。拍了拍玻璃窗，所有的人都面无表情，她意识到回不去了。

幸好手里拿着小包，手机证件都在里面。她并不慌乱。向携程网报告了情况后，买好了下一趟列车的票。

天色已晚。她走出候车大厅，顺着台阶一级级往下走，却好像走进了另外一个世界。是一座灯火辉煌的水城，幽蓝的湖水，上面搭建了一座座拱形木桥，还有长长的步廊和精致的亭台，一层层往上，向远处延伸，让你觉得这是一个迷宫般的所在，一个带着古典诗意又神秘莫测的地方。

她抬腿想走过去，又收回了脚。她知道这一脚抬出去，就再也回不来了。那个地方带着巨大的魔力，会把她吸进去，

心田种字

像是一粒沙掉进大海，无声无息。

背后似乎有双手在推着她，或者是有两股力量环绕在她的周围。一个声音说，去吧，那正是你向往已久的地方，纯粹，静谧，深邃，是一座水上桃花源；另一个声音说，那是诡计，陷阱，从来不存在这样的地方，要在泥水里滚一回，再四处碰壁，碰个鼻青脸肿，或者进退维谷，动弹不得，才能真正安静下来，看清楚自己的样子。

二

终于到了那座小城。

她明明不同意拼车，出租车上为何坐了另外一个人。那个人要去的地方比较远，司机说，先送你，别着急。

她不知道要去的宾馆在哪儿，是什么样子，她思忖，滨江花园酒店，这么好听的名字，又据说是在山上，应该不会差。

看到酒店招牌，司机就把她放下了。她顺着大路往里走，却是一条上山的路。并不陡峭，道路两旁密布着高大的树。几乎没有路灯，她看不清树的样子，但那浓郁的香味拂过面颊，她便知道是香樟了。

路似乎很长，她浑身冒汗了。但她并不太害怕，香樟的味道，老树的味道，密林的味道，正是让人安心的味道。

拐了一道弯，终于看见了亮光。

继续往上走，有一里地的样子，看到了宾馆的楼群。

已是夜里10点多。

宾馆里面也像个迷宫，先坐电梯到二楼，然后穿过长长的走廊，再爬上窄窄的楼梯，到三楼，再往里走，弯弯绕绕，才到房间。

窗外是灯光下看似幽蓝的江水，远处还有停泊的小舟。

她拉开窗帘，想象自己是在画里，然后和衣而卧。

三

他像是从天上掉下来的，或者是从地里钻出来的？

这个网约车司机看着她慌乱地打车到高铁站去取被追回的行李，动了恻隐之心。说，我再送你回来。

一直送到宾馆，一直帮她把行李提到房间门口。

然后看着她慌乱地翻包，找房卡。包就放在地上，人蹲着，头发散落着，使劲儿找，还是找不到，抬头看他，一脸迷茫。

他应该是在心里使劲儿嘀咕，怎么会遇到这么没头脑的人？

叫服务员来开了房门，行李放进去。她说要去仙鹤风景区，他送她去，又说逛完，可以去哪里吃小吃，可以再去哪里逛。有需要随时打电话给他。

她后来果真打给他：我辨不清方位，打不到车，能否来？

他在临近的市里，赶不回来。他交代另一个朋友来。

第二天，他提前结束了行程，说带她去看另一个新的历

心田种字

史文化公园。园子很大，一切都是新建的，夜晚灯火璀璨。园子里有座不高的山，他邀她登上去，说自己开了一天的车，经常在夜里爬上山顶，出一身汗，很舒服。

他一路说着这些年的经历，在全国各地奔波，做生意厌倦了之后，回到家乡开网约车。每天从早忙到晚，也很辛苦，但好在自由，所以从不失眠，吃完消夜，回家倒头就睡，第二天依旧精神抖擞。每个月能挣个八九千块，在这个旅游小城生活足够了。

他说起读高中的儿子不好好学习，迷上了电玩。父子之间始终没有办法好好沟通，但内心深处多么不想儿子重蹈自己的覆辙，可以走出一条不一样的人生路。

他送她到江边的沙滩上，让她在细白柔软的沙子上开心地转圈。他站在一边忙着打电话，帮其他开车的朋友们刷单，据说可以多赚不少。

离开小城的前一晚，她又接到他的电话。

他说起某个古镇，那是当地最热门的去处。不过，这是假期的最后一天，人们应该都返程了。

果然，到的时候古街巷里冷冷清清。

他仔细给她介绍每一座房子的来历，那些迷人的传说。

她一时恍惚，这个人是只念到初中就辍学的吗？

巷子里还有挑灯卖小吃的，他说这个好吃，那个好吃，都要她尝一尝。

一种不容拒绝的神情和语气。

起风了，凉意从四处涌了上来。街上更显寂寥。

她更加恍惚，是上天安排了一座空荡的小城，来迎接她吗？

四

后来，人和城都不见了。

唯一的证据就是他留下的一大袋自制的葛粉。具体是什么听他说了好几遍，但就是记不住。交代了怎么做，她也似听非听。

回到家，就放到角落里了。

但她记住的是那一刻的温暖与感动，沉甸甸的，都装在那个大袋子里。

沧海桑田间，所有的出走与逃离，飞升与陷落，辛苦与安逸，迷茫和狂喜，相遇和分离，陌生和熟悉，都会消散。

到最后，只剩下香樟树浓郁的味道，只剩下夜晚幽蓝的湖水，微风的气息，在有无之间，轻轻摇荡。

（原载"周末散文五人行"公众号2019年12月20日）

心田种字

苹果香味的新衣

1. 粉妮儿

她一脸期盼的神情，认真地问：离过年还有多长时间呀？

邻居大叔认真地算了算，说，还有五个月零三天。

她有点失望：还要那么久啊。

那么久到底是多久，她其实也不清楚。时间对她而言还是极为模糊的概念。它并不流逝，它只是从一个节点转换到另一个节点，而人们所能做的，也只是等待。在耕作中，在闲聊中，在日常的吃喝拉撒里，变幻的是光影，日升月落，带来光明与暗夜，循环往复而已，时间静止不动。

那时，天与地也都是混沌一片的。粉妮儿刚刚在课本上认识了世界、中国、河南，但她总认为自己家所在的小小的地方，是一个例外，是意外中的意外，是被人遗忘的角落，是地球的碎片，是独立的工国，花开花落，自生自灭。

很多年后，记忆变得漫漶不清，那个盛夏时节，她站在阳光下的过道里，憧憬着过年的情景，却格外清晰。

邻家大叔那时一个人，人们说他是光棍一条。他好像也是一脸的佛系，并不着急。或者，着急也没有用。他独身了一辈子，老了，瘫痪了，仍由纯朴善良的妹妹照顾着。她把他接到自己家，心甘情愿地服侍，心甘情愿地接受命运给予的一切。

2. 新布衫

冬夜，她躺在床上，把旧被子蹬到一边，嘟囔着：不盖，不盖。我要新被子。

妈妈无奈地笑了，打开大大的箱子，把套着八斤棉花的新被子拿了出来。鲜亮的花，一朵朵在被面上盛开，阳光的味道立刻覆盖了全身。她心满意足地睡去。

卧室里，并排放了三个木箱子，最大的是红色的箱子，另外两个都是黑色的。

箱子会变魔法，里面似乎装满了奇珍异玩，但要妈妈的手才能取出来。小孩子是不能乱碰的。

除夕夜，她熬着不睡，一颗小心脏怦怦乱跳，期待着第二天妈妈会变出什么样好看的新衣裳。

大年初一早上，被噼噼啪啪的鞭炮声叫醒的时候，新春的"礼物"已经放在她的床头。有时是一套浅粉色的布衫布裤，胸前绣了小花儿小鸟儿图案；有时是橙色的，有时是大红色的。罩在棉袄外面，带着淡淡的苹果香味儿。

她知道妈妈把从甘肃带回来的又大又红的苹果放进了红

色的箱子里。苹果在衣物间呼吸吐纳，每一口都带着清新的香味，丝丝缕缕，缠缠绵绵，经过数月的耳鬓厮磨，已经分不清哪是棉花香，哪是苹果味儿。或者，那本就是一样的，都带着高原的风霜的味道，都印上了日升月落的纹理。

那么好闻的味道，难再寻觅。

如今，她把装满了桂花、薰衣草的香包放到衣柜里，天长日久，似乎也有一阵香气伴随，但总觉得少了点什么。

是少了那双红皮鞋吗？大红色，圆头，带鞋襻，穿上感觉自己无比美好，是天底下最可爱的粉妮儿。那是最初的关于美好的想象，不可动摇的想象。

是少了童年的玩伴吗？穿上新衣服新鞋子，就迫不及待地去见小伙伴。互相看着，比着，评点谁的衣服好看，哪个扣子哪朵绣花好看。后来，也都逐渐走散了，再也不相见。

或者，只是少了那种因为稀缺而难以名状的期待和惊喜，少了一份等待苹果自然长熟的耐心，少了一份对身边事物清澈的、纯真的爱与善……

3. 绿瀑布

我第二次到仙岩的时候，我惊诧于梅雨潭的绿了。梅雨潭是一个瀑布潭。

那也是过年，大年初三，在院子里，美丽的三姊搂着她，用普通话轻轻地念着朱自清的《绿》。

那是带着苏州口音的普通话，"瀑"读成了"破"音。但她喜欢听。

这江南的女子，高挑窈窕，巴掌大的瓜子脸，带着细腿眼镜，更显得脸小了。笑起来，像月光下白色的茉莉。

三婶读一遍，然后让她学着读。

她鼓足了勇气，从梅雨潭，到梅雨亭，读出了草丛中润湿的绿意。

　　我又掬你入口，便是吻着她了。我送你一个名字，我从此叫你"女儿绿"，好么？

她的声音有点颤抖。

三婶称赞她的诵读有感情。那好像是第一次，她知道自己读书的声音很好听，普通话很好听，那里面蕴含着如此丰富的情感，如此美丽的意境。

日常生活中的粉妮儿，沉默，近于木讷。家人总说她，不爱吭气儿。

她迷恋另一个世界，她读书给自己听。一遇到精彩的地方，就忍不住读出声来，读得哭起来，笑起来。

从此，热闹就留在了外面，粉妮儿只静静取一抹绿，春天便在心里盛开了。

（原载"周末散文五人行"公众号2020年1月24日）

　　　　　　　　　　　　　　心田种字

最根本的事情

一

1月22日中午，从郑州飞往三亚。

飞机上，坐在我右边的男士警惕性颇高，一路上空姐递水递餐，他都急忙摆手拒绝，口罩一直未曾稍稍挪移。

我打开书，读法国作家吕芬的《七个来自远方的故事》，七个短篇小说，一口气读了三个，起伏跌宕，扣人心弦。不觉忘记了病毒的威胁，时不时还把口罩松动一下，透透气。

飞机经停湛江，再起飞时，他仍坐在我旁边。

我继续拿起书，看到《守夜》：一位年轻的住院医生克服精神与肉体的双重贫瘠和懈怠，从值班室到公共病房去，履行一个确认患者已死的仪式。他本来可以不去，只在死亡确认书上签字就行。但他去了，病房里那种无法治愈的痛苦和死亡的气息深深震撼着他，那抹死者眼睛里难以觉察却挥之不去的味道，多年后，依然能闻到。

等我看完，抬起头，放松一下眼睛。一扭头，看到邻座，他那一直绷着神经的视线，好像也在转向我的书，冷峻的眼神稍稍变得温和。

我的心却揪紧着，母亲和哥哥一家还在湖北。

二

"江碧鸟逾白，山青花欲燃。"

看到火焰花的时候，想起杜甫的诗句。仿佛很多年后，这句子才找到了真正的对应。

每一朵花都像是燃烧的火把，又如振翅的飞鸟，暂时停驻在枝头，等待一阵风吹过，就吧嗒吧嗒掉下来。掉下来的声音，那么清晰响亮，总是让我心里一惊。

晚上刚在月光下看过她们，白天又瞧见地上掉了许多，仿佛是疫情中不幸者的数字，每天都在增加；又仿佛是全国各地的医护工作者热情勇敢的面容，一批批奔赴抗疫第一线，逆风而行。

小区前面那条麓湖路，安静又空旷，只有火焰花在碧蓝的天空下热闹着，惊心动魄着，牵引着我的心。

起初，以为是凤凰花。后来看到凤凰木那种修长的须叶，才悟出，"叶如飞凰之羽，花若丹凤之冠"，凤凰花更雍容优雅，且是在夏季开放。

心田种字

到炎夏，病毒当魂飞魄散了。真希望，夏天早点到来。

于是，每天在周边同样的路上来来回回地走，反反复复听着两首歌。听网上传播甚广的《武汉伢》，眼前闪现着街道口、珞珈山、长江大桥、江汉路，给留在那里的师友发短信问候平安，所幸都还平安。媒体的朋友更是在各自的岗位上写稿编稿，贡献一己之力。

最让人安慰的是父亲和孩子们。大年初一那天下午，我们在旁边一所大学的操场里，照了张不完整的全家福。孩子们踢球，七十八岁的父亲也参与进去，一抬脚，就踢出了大于90度的弧度，让我们惊叹不已。这也是生命不可思议的力量。

后来的数天，父亲一有空就和面蒸馒头花卷，那么漂亮的造型，也让人叹服。父亲这一生，似乎就没有什么是他不会的。直到此时，我们还在受他的护佑。

三

归来的飞机上，我也严严实实戴着口罩，拒绝空姐递过来的纯净水。她温柔地微笑着，说，拿着吧，时间比较长。我有点紧张，几乎是抢了过来，差点扯掉她戴的一次性手套。

穿过空荡荡的郑州机场T2航站楼，一路上人车稀少，直到进入市区的收费站，因为要一一登记信息，堵了一会儿。到了小区，又在门口登记。

之后，便闭门不出，自我隔离。

工作依然在持续，手头的抗疫诗歌、文章如雪片般飞来，我看到一颗颗热情滚烫的心。纵然个人的声音微弱，纵然文字在危急时刻显得有些无力，但这么多跳动的心房汇聚在一起，便是强大的暖流，便是万家灯火，便是春暖花开。

洁白的雪花果然纷纷扬扬地盛开了。

我想象着，南国的火焰花来到北方，就变成了雪花。这世上有两朵花，最热情的花，最冰莹的花，都是上天的赐予，赐予那些勇敢前行者，智慧笃定者，无私奉献者，沉稳坚守者，赐予每一个心中有爱的人。

这几日，在读法国存在主义作家波伏娃的《告别的仪式》，她记录、回忆萨特的点点滴滴。其中有一句话：他（萨特）无论在哪个历史时刻，也不管社会、政治背景如何，最根本的事情仍然是理解人类。

灾难之中，让我们众志成城；灾难过后，让我们深刻反省，反省自身，反省人类。

（原载《北京日报》2020年2月21日）

心田种字